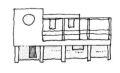

  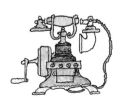 

PIERO VENTURA

LA COMUNICACIÓN

Medios y técnicas para intercambiar información a través del tiempo

han colaborado

Max Casalini

Laura Battaglia
Pierluigi Longo
Massimo Messina

EDITORIAL EVEREST, S. A.

MADRID • LEON • BARCELONA • SEVILLA • GRANADA • VALENCIA
ZARAGOZA • LAS PALMAS DE GRAN CANARIA • LA CORUÑA
PALMA DE MALLORCA • ALICANTE – MEXICO • BUENOS AIRES

ÍNDICE

Título original: *La comunicazione*
Traducción: EUROTEXT

© 1994 Arnoldo Mondadori Editore S.p.A., Milano
© 1994 Editorial Everest, S.A., para la edición española
Carretera León - La Coruña, km 5 - LEÓN
ISBN: 84-241-5902-0
Depósito legal: TO-385-1994

Todo y todos parecen querer comunicarse con nosotros.

En el mundo que nos rodea no se hace más que hablar de "comunicación".

Es una de las palabras que más se usan y, precisamente por eso, habría que preguntarse si conocemos realmente su significado. Literalmente, "comunicación" significa transferir una cosa de un lugar a otro, de un individuo a otro.

El tema es muy amplio, y este libro ha sido concebido de modo que presente al lector un panorama completo, desde el punto de vista temporal, de cómo nació y cómo ha evolucionado esta exigencia del hombre, y de las invenciones y medios que la han hecho posible.

Y así, como un viaje de reconstrucción, se parte de la antigüedad.

Signos y símbolos en gran número son el testimonio de cómo el hombre ha dejado huellas de su existencia. A través de las incisiones sobre tablillas de arcilla, marfiles y monumentos, ha dejado mensajes, ha descrito acontecimientos y ha transmitido costumbres. El uso del pergamino, la pluma y la tinta, son fases de la evolución del modo de propagación de las informaciones, que alcanzará su apogeo en primer lugar con la llegada de la imprenta, posteriormente de la máquina de escribir y hoy día del ordenador.

Comunicar también es contar y contarse.

A través de la tradición oral se han ido transmitiendo momentos importantes de la vida social de todas las épocas: los romanceros se presentaban acompañados de la música, el teatro representaba tragedias y comedias. También hoy el escenario ofrece la posibilidad de expresar sensaciones, enviar mensajes, dar a conocer angustias existenciales y voluntad de cambio en forma de comedia o de sátira.

El arte se expresa a través de la pintura y la escultura.

La llegada de la máquina fotográfica ha permitido inmortalizar momentos de la vida real, el cinematógrafo y la televisión han inventado sueños y han hecho nacer esperanzas. La información tiene, pues, la capacidad de condicionar el pensamiento y las acciones del hombre.

Comunicar es imprescindible para conocer y para conocerse, para indagar sobre el pasado, afrontar el presente y proyectar el futuro; crecemos a través del intercambio de informaciones y, sobre todo, comprendemos que no estamos solos.

LOS JEROGLÍFICOS

"Los griegos somos como niños perdidos, y para encontrar nuestros orígenes tenemos que ir a Egipto. Sí, somos nosotros los que hemos inventado la geometría con Euclides, la filosofía con Sócrates y la tragedia con Esquilo, pero, para crear todo esto, necesitábamos la escritura, escritura que los egipcios usaban ya desde hacía miles de años."

Los más antiguos ejemplos de escritura hallados son insignias de clanes dibujadas en jarrones. Después aparecen los primeros nombres de personas o de grupos humanos, grabados en caracteres jeroglíficos sobre tablillas o marfiles. Más adelante encontramos breves frases: promesas hechas a los dioses o recuerdos de la construcción de un monumento. Todavía no es mucho, pero es como si un mundo estuviese amaneciendo y un rayito de sol empezara a dar luz: la escritura ya permite registrar hechos memorables y expresar ideas. Más tarde aún, durante la XII dinastía, gracias al impulso de los literatos la lengua alcanza su máximo desarrollo. Los egipcios escribían mediante jeroglíficos, que son dibujos estilizados llamados pictogramas o, más comúnmente, ideogramas: esto quiere decir que cada signo significa, además de lo que representa, las acciones que derivan de él. Un ojo significa también 'ver', una mano 'manejar', un instrumento de trabajo indica también el oficio al que pertenece. Simplificando y uniendo entre sí grupos de ideogramas y dando a esta manera de escribir una ligera inclinación hacia adelante, se obtuvieron dos tipos de escritura corriente (o "cursiva", que quiere decir lo mismo): una escritura hierática –que se solía usar para los

Sentado en un andamio, el escriba está decorando el arquitrabe de un templo con pictogramas que narran la historia de dinastías y empresas de faraones.

textos sagrados y que requería un considerable esfuerzo de comprensión– y una demótica –para todos y mucho más sencilla– que se utilizaba sobre todo para usos profanos, como redactar notas, listas de trabajos, de productos o para extender actas oficiales. El oficio de escriba era, pues, muy codiciado: en el antiguo Egipto las letras bonitas se tenían en gran consideración, lo cual queda demostrado también por el hecho de que nos han llegado numerosos testimonios de manuscritos redactados meticulosamente y en varias copias, custodiados en templos o en palacios de príncipes. Pero estar en contacto con la escritura significaba principalmente estarlo con el poder y con la historia: los templos se historiaban siempre con maravillosos jeroglíficos que contaban y glorificaban las empresas y las gestas de los faraones. Por ello el sacerdote egipcio podía decir, sin cuidado de los sabios griegos, que eran como niños perdidos: la escritura es la memoria de los hombres y sólo a través de ella se recuerdan sus orígenes y sus tradiciones.

LOS IDEOGRAMAS Y LAS ESCRITURAS ALFABÉTICAS

El hombre produce una cantidad considerable de símbolos y de signos. Aunque los animales también producen signos, son signos "naturales", como las huellas, los olores y las secreciones. En cambio, los del hombre son "creaciones" de su intelecto: su fin es la comunicación y en particular la escritura. Desde siempre el hombre pinta, escribe, deja huellas de su existencia: desde las pinturas en las cuevas prehistóricas, los templos historiados de los faraones, hasta nuestros libros y alfabeto. En esta historia se pueden distinguir varias etapas, varias formas de expresarse, varios tipos de escritura: de los pictogramas a las escrituras cuneiformes, de los jeroglíficos a los caracteres rúnicos, para llegar finalmente a nuestro alfabeto. Las diferencias entre estos sistemas de expresión son enormes; generalizando, se pueden dividir en sistemas de símbolos y sistemas de signos. Los pictogramas, ideogramas y jero-

Tres son los tipos de jeroglíficos usados por los egipcios: los pictogramas (o ideogramas), el hierático y el demótico. Los pictogramas se parecen a las letras de imprenta; las dos últimas son escrituras corrientes.

La escritura cuneiforme, inventada por los sumerios, fue usada más tarde por los asirio-babilonios. Es una escritura de caracteres ideográficos o silábicos en forma de cuña, que se grababa en tablillas de arcilla.

glíficos no traducen exactamente el sonido de la voz: cada signo, incluso cada dibujo, indica un concepto, una función, o bien un oficio, o una acción que cumplir. Pero el paso decisivo ocurrió ya alrededor del siglo VII a. C., en Grecia, con el descubrimiento e introducción del alfabeto. El sistema alfabético de los griegos, que luego se convertirá en el nuestro, deriva del de los fenicios. Fueron ellos los primeros que redujeron el número de signos a veintidós. Un sistema de ideogramas o de jeroglíficos es infinito: siempre se puede inventar un nuevo signo o un dibujo. En cambio, un alfabeto es limitado: el número de signos, de letras, se fija desde el principio. Otra diferencia fundamental introducida con el uso del alfabeto es que se debe dar una forma, esto es, una letra, a cada sonido producido por la voz. Cada una de las consonantes y de las vocales tiene una forma gráfica que queda codificada para siempre.

En otras palabras se podría decir que el paso de los símbolos a los signos del alfabeto es un camino hacia la sencillez. Con el alfa-

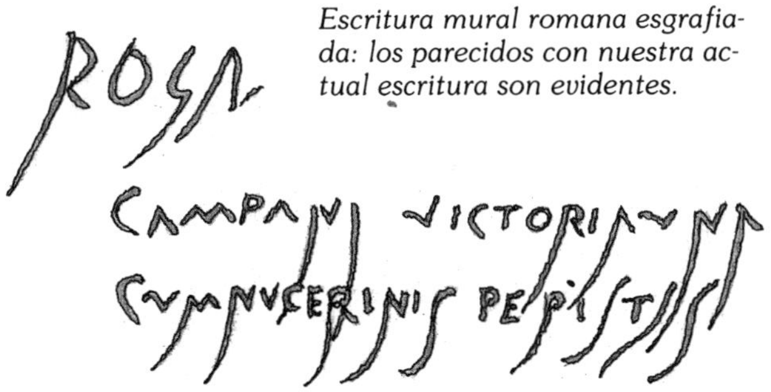

Escritura mural romana esgrafiada: los parecidos con nuestra actual escritura son evidentes.

beto el símbolo pierde su carácter sagrado, se convierte en un signo, en la pura traducción escrita del sonido de nuestra voz. A partir de este momento desaparecen las escrituras secretas y misteriosas que conocían los antiguos egipcios: los signos están ahí, sobre el papel o sobre el pergamino, comprensibles para todos.

Los textos sagrados y las leyes del Estado se esculpían en piedra y se colocaban de modo que todos los pudieran ver.

LATINO	A	B	C	D	E	F	G	H	I	L	M	N	O	P	Q	R	S	T	U	V	Z
FENICIO	⟨	⅃	∨	△	⅂		⅂	⊟	⎿	⅃	⅄	५	O	�ꓶ	⅄	⅃	W	✝	Ψ		Ⅰ
GRIEGO	A	B	K	△	E	⊘	⌐	X	I		M	N	⍁	⌐		P	Ξ	T	Υ		Z
ETRUSCO	A	⅃	Ɔ	C	Ǝ	8		⊟	I	⅃	⋔	⋔	O	ꓒ	Ϙ	ꓒ	⟓	T	V	ꓶ	Ⅰ

El primer alfabeto que se inventó fue el fenicio. Los fenicios redujeron el número de signos, inaugurando así la tradición alfabética. Mientras que en los sistemas ideográficos, potencialmente ilimitados, siempre se puede inventar un nuevo signo, los sistemas alfabéticos son limitados, es decir, tienen un número finito de signos.

EL TEATRO GRIEGO

Hoy es fiesta en Atenas y, como cada año, vamos a los concursos dramáticos, donde los mejores autores de teatro presentarán sus nuevas obras. Para nosotros los griegos el teatro es una parte tan importante de la vida social que incluso hay un ministro, el arconte epónimo, que se ocupa de la organización de estos concursos, con la ayuda de algunos ciudadanos adinerados. La gente se acerca al anfiteatro. Dentro de poco nos sentaremos en las gradas de mármol, que descienden suavemente hasta dejar sitio al coro, y finalmente al escenario propiamente dicho. La representación está a punto de empezar. Las dos formas de teatro que los griegos conocemos son la tragedia y la comedia. La tragedia tiene sus orígenes en los antiguos ritos colectivos en honor a los dioses.

orígenes religiosos para convertirse en una representación de las relaciones y de las historias entre los hombres. Eurípides, el tercer gran autor de la tragedia griega, lleva a sus últimas consecuencias lo que sus predecesores le habían enseñado: sus tragedias trasladan al escenario las dudas, amarguras e ilusiones de la vida cotidiana.

No obstante hoy es fiesta, día de alegría y celebración. Se representarán comedias de Aristófanes, cuyos orígenes se encuentran en las farsas populares, y que han llegado a ser, gracias a la genialidad de este autor, verdaderos ejemplos de sátira social, en los que hablando de problemas serios y actuales –como la guerra, la paz, la abundancia o la carestía–, se ridiculizan y se ponen en la picota a los personajes más importantes de nuestra ciudad. Silencio, se está colocando el coro, y los actores están entrando en escena con sus

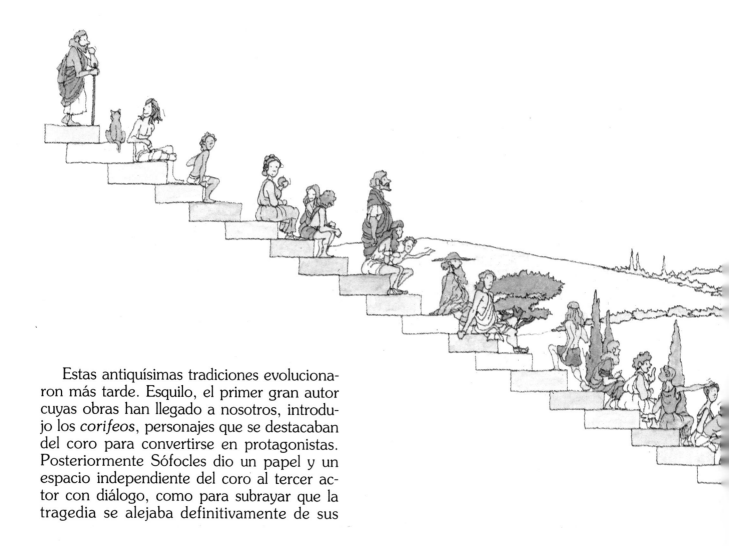

Estas antiquísimas tradiciones evolucionaron más tarde. Esquilo, el primer gran autor cuyas obras han llegado a nosotros, introdujo los *corifeos*, personajes que se destacaban del coro para convertirse en protagonistas. Posteriormente Sófocles dio un papel y un espacio independiente del coro al tercer actor con diálogo, como para subrayar que la tragedia se alejaba definitivamente de sus

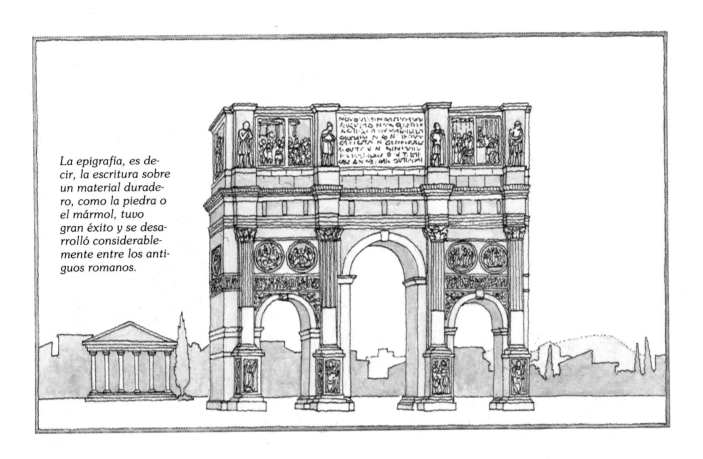

La epigrafía, es decir, la escritura sobre un material duradero, como la piedra o el mármol, tuvo gran éxito y se desarrolló considerablemente entre los antiguos romanos.

vestidos y sus máscaras. Al final seremos nosotros, el público, los que decidiremos con una votación quiénes serán el autor y la comedia ganadores. Recibirán grandes honores: como un héroe que vuelve victorioso de una batalla, adornarán su cabeza con una corona de laurel, y el respeto y la admiración de todos lo rodearán y lo acompañarán hasta la competición siguiente.

Las gradas de piedra van bajando hasta dejar espacio al sitio de la orquesta, al coro y al escenario, donde se encuentran los actores con sus vestidos y sus máscaras.

9

SÍMBOLOS E INSIGNIAS GRIEGAS Y ROMANAS

Casi todas las civilizaciones antiguas se identifican con un símbolo que encierra el misterio de sus orígenes y de sus albores, y relacionado con un episodio "legendario", mezcla de historia y mito. Cuenta, pues, la leyenda, que una loba salvó y amamantó a los gemelos Rómulo y Remo. Cuando Rómulo fundó Roma, la loba se convirtió en un símbolo de esta ciudad. Las reproducciones artísticas que la muestran amamantándolos son innumerables (estatuas, bajos relieves, frescos...).

Junto con los símbolos están las insignias, construcciones del hombre o simples señales de distinción dentro de un grupo social. Insignias son las estelas funerarias griegas y romanas, monumentos sepulcrales con inscripciones y en ocasiones escenas ilustradas. También son insignias las hermas en la antigua Grecia, pilastras rectangulares coronadas con la cabeza del dios Hermes, que se colocaban como indicación a lo largo de los caminos, ya que se creía que Hermes protegía a los viandantes. De las hermas griegas deriva el busto-retrato de los romanos y el desarrollo de la retratística privada. En una

sociedad fuerte y entregada a una política de conquista y de dominio como la romana, las insignias más importantes son las militares. Durante mucho tiempo los estandartes del ejército llevaban dibujadas figuras de diversos animales, unificándose después en la figura del águila –signo de fuerza y potencia– que estará destinada a convertirse en el símbolo del imperio. Los uniformes de los soldados

Todo escudo lleva un blasón. Gracias a él los soldados pueden reconocer su pertenencia a la correspondiente unidad. El ejército romano utilizó mucho los blasones: cada legión tenía el suyo, del que todo combatiente se sentía orgulloso.

10

La cabeza de Medusa con serpientes en vez de cabello es, desde el tiempo de los griegos, el símbolo del miedo.

El trisquelión es símbolo de victoria y progreso. También entre los celtas se usaban símbolos "de tres piernas".

La cornucopia, símbolo de abundancia y prosperidad, un tema que gustaba a los pintores del Renacimiento.

eran insignias que definían su posición y grado. Pensemos en el hacha envuelta en un haz de varas que llevaba la guardia de honor de los cónsules, como símbolo de su autoridad y de su poder de castigar mediante la flagelación a los ciudadanos o soldados culpables. O la ceremonia del triunfo, máximo honor tributado a un militar: en medio del clamor de la multitud el caudillo avanzaba sobre una carroza dorada, vestido con una túnica púrpura con hojas de palma recamadas en oro y con una corona de laurel en la cabeza. Frente al símbolo, elemento unificador de una civilización y que a menudo representa su atmósfera, la insignia subraya la diversidad de cada uno respecto de los demás (lo que confiere fuerza y poder, da miedo a los enemigos y seguridad a los aliados).

Busto de Cayo Mario

Haciéndose retratar, los antiguos romanos no sólo querían que sus imágenes pasaran a la posteridad, sino también fortalecer los vínculos de la gens, la familia.

El escultor romano trabaja dentro de su laboratorio en el busto del vástago de una noble familia.

Busto de una señora noble

ACTA DIURNA

¿Cómo se comunicaba, cómo se propagaba la información en la antigua Roma? Por un lado estaban los juristas, los doctores y los literatos, que se servían de códices, volúmenes y pliegos de pergamino –verdaderos libros, editados por auténticas casas editoras– que se podían encontrar en las bibliotecas públicas (hecho absolutamente nuevo). Pero ¿cuáles eran los medios de difusión de la información cotidiana, la de interés general que hoy se confía a periódicos y televisión?

Según una antigua costumbre, el magistrado que presidía las sesiones del Senado redactaba unas notas sobre los asuntos tratados diariamente por el máximo órgano del Estado; estos apuntes, al terminar la sesión, asumían el carácter de actas públicas. Las *actas diurnas* servían precisamente para esto: tener informados a los ciudadanos sobre la marcha de la cosa pública. Se trataba de noticias concernientes a cuestiones políticas dignas de mención, discursos de personajes relevantes o incluso de simples chismes.

La exposición pública de decisiones y decretos permitía a los ciudadanos controlar diariamente el proceder de los senadores y las decisiones concernientes a la vida pública.

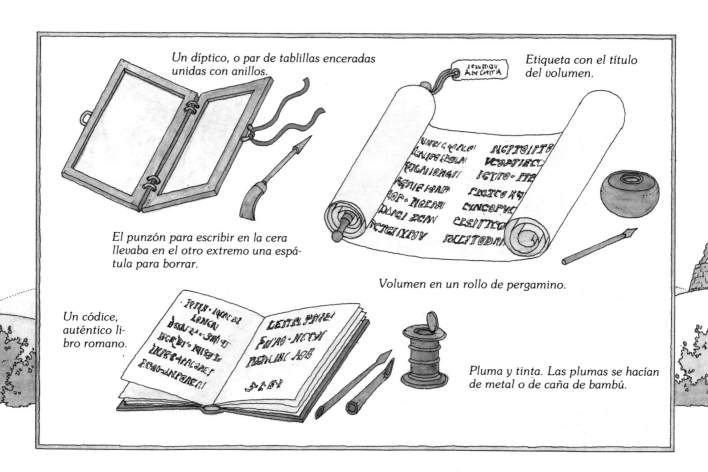

Un díptico, o par de tablillas enceradas unidas con anillos.

El punzón para escribir en la cera llevaba en el otro extremo una espátula para borrar.

Etiqueta con el título del volumen.

Volumen en un rollo de pergamino.

Un códice, auténtico libro romano.

Pluma y tinta. Las plumas se hacían de metal o de caña de bambú.

12

EL SERVICIO POSTAL ROMANO

"Envía mensajes, expide despachos, ten bajo control las provincias... e impera": éste parece ser el lema que hemos adoptado los romanos. Yo soy un tabelario, es decir, el último eslabón de la cadena del servicio postal del imperio. Recorro sus caminos con un carro de dos ruedas tirado por caballos: de Burdeos a Jerusalén, de Cádiz a Brindisi, a través de las provincias de la Galia o de Grecia transporto órdenes y embajadas. Se trata de un sistema jerárquico muy rígido: por encima de mí, al mando de todos, está el prefecto de la guardia pretoriana, asistido por sus inspectores, que controlan la aplicación de las reglas; también hay una multitud de estacionarios, es decir, dirigentes que están en las diferentes estaciones periféricas y quienes controlan mis pasaportes y mis hojas de ruta y supervisan el trabajo de los herreros y de los esclavos destinados a los establos.

El problema del contacto y de la transmisión a distancia de mensajes es fundamental para nosotros los romanos. Otro método, adoptado principalmente por los militares, se basa en las señales luminosas producidas por una serie de antorchas; tras disponerlas ordenadamente en dos filas, a cada combinación diferente del número de antorchas en cada fila le corresponden letras y números diferentes. Para quien está lejos, tal vez en la cima de una colina, existe, pues, la posibilidad de recibir y descifrar el mensaje.

Hay antorchas encendidas allá en el valle. Son señales que indican el camino.

El tabelario es el cartero de la antigüedad: recorre los caminos de Europa llevando despachos.

Las "mutationes" son las estaciones de posta: el correo repone sus fuerzas y cambia de caballos.

LOS SÍMBOLOS RELIGIOSOS

El agua, el fuego, el árbol, el arado, el hacha, la nave, la cruz: son cosas que conocemos gracias a la experiencia de la vida diaria. Sin embargo, a los ojos de los hombres antiguos no aparecían como simples cosas, sino que se manifestaban con la fuerza de los símbolos. Hoy día ya no razonamos así, pero, a pesar de ello, los símbolos mantienen una gran ventaja respecto de la palabra: expresan muchas más cosas, como si encerrasen en su interior una mayor riqueza. Por esto el cristianismo, como todas las grandes religiones, se basa en ellos. El Antiguo y el Nuevo Testamento se expresan con símbolos, y su interpretación abre nuevos horizontes, descubre nuevos significados que antes permanecían en la oscuridad. El arado es el símbolo de la creación, el instrumento que labra la tierra, para que en ella se custodien y hagan crecer los hombres, representados como semillas. El paraíso se identifica con un jardín maravilloso, pero por otra parte también la Iglesia se representa a menudo con la imagen de una plantación compuesta por numerosos árboles, los fieles que forman parte de ella. En el jardín está plantado el Verbo, el Árbol de la Vida, y Cristo es al mismo tiempo Verbo y Árbol de la Vida. A los símbolos de la plantación y de los árboles se une luego otra imagen muy usada en la teología cristiana, que es la de la viña, donde Dios es el viñador, quien la ha plantado y recoge sus frutos, y Jesús es la cepa de esa viña. Idéntica riqueza de significados encontra-

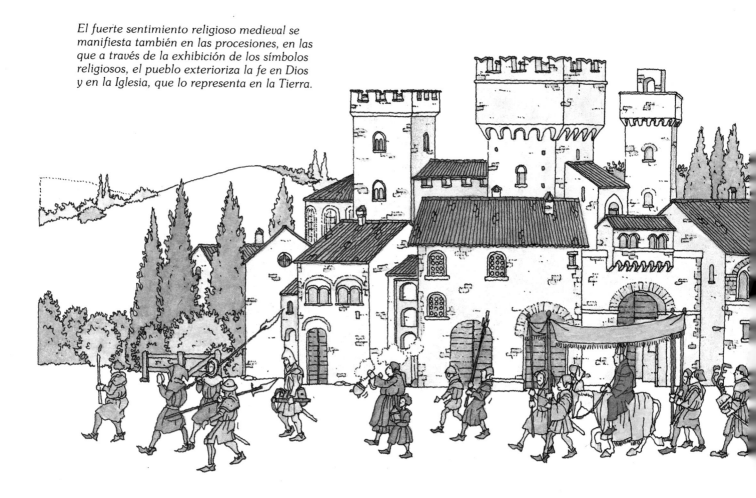

El fuerte sentimiento religioso medieval se manifiesta también en las procesiones, en las que a través de la exhibición de los símbolos religiosos, el pueblo exterioriza la fe en Dios y en la Iglesia, que lo representa en la Tierra.

mos en el símbolo del agua: ésta es agua bautismal, indica a Dios como fuente de vida y también, en suma, la presencia del Espíritu Santo. El agua simboliza, pues, lo que da la vida, en oposición a lo que trae la muerte. Así se comprende por qué a menudo el propio Jesucristo se muestra con el símbolo del pez: Él es quien con el contacto del agua bendita queda vivificado y purificado. El símbolo cuenta, entonces, una historia, abre un nuevo mundo de significados, pero a menudo es también sinónimo de fuerza, capaz de alejar al mal. La Cruz es una de las imágenes centrales del cristianismo, recuerdo de la muerte de Jesús y a la vez punto de partida para la redención de los hombres. Es también la marca trazada en la frente en el momento del bautismo.

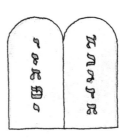

TABLAS DE LA LEY:
Dios se anuncia y sus leyes están escritas en piedra.

MARÍA VIRGEN
(el corazón traspasado por un puñal): La imagen de la Virgen, madre afligida a la que han matado el hijo.

AGNUS DEI:
El cordero es la víctima inocente. Cristo muere para salvar a los hombres.

INRI (Iesus Nazarenus Rex Iudeorum):
Jesús fue muerto y ultrajado.

PALOMA:
Símbolo de la Pascua, fiesta de vida y resurrección.

Los lienzos que adornaban las iglesias primero se pintaban y a continuación se colocaban en su interior.

LAS SAGRADAS REPRESENTACIONES Y LA PINTURA

Soy un hombre de la Edad Media. Cuando miro al infinito, veo sobre mí las estrellas fijas y los nuevos cielos que nos separan del Empíreo, y los ángeles, arcángeles, querubines y serafines que se encargan del movimiento de los cielos. Todo se me presenta como el testimonio del poder del Señor, la creación como la sagrada representación de Su infinita grandeza y perfección. Cada momento de mi vida, como la de todos los hombres, adquiere un sentido y un valor sólo si se dedica a la alabanza, a la oración y a la penitencia. Mirad los monasterios donde se retiran los nobles para huir de las tentaciones de la vida terrena. Mirad nuestras procesiones, los flagelantes, los mendicantes, las largas filas de peregrinos que atraviesan valles y aldeas para dar testimonio de la presencia de Dios y de la necesidad de adorarlo y rezarlo. Nuestros enemigos son los herejes, los cátaros, los albigenses o cuantos quieran discutir o incluso negar la grandeza de Dios. Nuestra guía es la Santa Iglesia Católica Apostólica Romana, cuya misión es dar a conocer a todos la Buena Nueva y hacer partícipes a todos de la verdad anunciada en el Evangelio. Mirad, en todos los pueblos de la cristiandad se alzan templos, catedrales, se erigen santuarios a la mayor gloria de Su Potestad. Ya se trate de arte románico o gótico, como es el caso de Francia, a nosotros, pobres hombres que las vemos desde abajo, estas iglesias se nos presentan como inmensas proyecciones hacia el cielo, como manos tendidas, gestos de invocación hacia la infinidad de Dios. También los mayores pintores de nuestro tiempo han puesto su arte al servicio de la glorificación del Señor. ¿Nombres? Lucio de Boninsegna, Simone Martini, Maestro Cimabue y, sobre todos, Giotto, al que cita el mismo Dante en la *Divina Comedia* para alabar su habilidad y fama. El arte se convierte así en relato y, a la vez celebración de la historia sagrada, a través de la ilustración de episodios del Antiguo y del Nuevo Testamento o con los frescos que narran vidas de santos. Para nosotros, hombres de la Edad Media, que generalmente no sabemos leer, estas obras son también didácticas: a través de ellas conocemos nuestra historia y nos acercamos al ejemplo de los beatos que nos han precedido. Bastan pocos trazos, como la mirada dulce e intensa de la Madona en el fresco del nacimiento de Jesús de Giotto, para darnos en un solo instante toda la atmósfera de pasión y de misterio, de lo divino y lo humano del Medievo.

BLASONES, BANDERAS, TROMPE-
TAS, TAMBORES Y CAMPANAS

Señales de guerra y señales de paz. La campana tañe y llama a los fieles a la misa. O bien se trata de guerra y de peligro cuando las campanas tocan a rebato. Las trompetas son los instrumentos de los ángeles cuando anuncian la gloria del Señor, pero también precedidos de su sonido los heraldos leen los

La bandera es símbolo, juego, color. Las acrobacias de los abanderados conservan íntegramente su encanto desde hace siglos.

Grandes artistas como Dürer, cuyo blasón de la familia Berghes reproducimos, hallaron una fuente de inspiración en los temas de los blasones.

Todo blasón lleva un motivo distinto, que sirve para caracterizar a las diversas familias y estirpes. La heráldica estudia su significado.

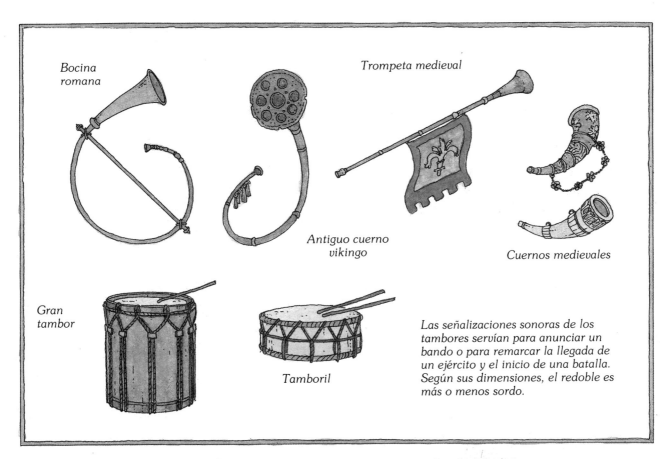

Bocina romana

Trompeta medieval

Antiguo cuerno vikingo

Cuernos medievales

Gran tambor

Tamboril

Las señalizaciones sonoras de los tambores servían para anunciar un bando o para remarcar la llegada de un ejército y el inicio de una batalla. Según sus dimensiones, el redoble es más o menos sordo.

mensajes del emperador. Las filas se cierran y los tambores redoblan: ¡atención, al fondo de la llanura debe de haber una batalla! Se adelantan los jinetes con la bandera de su señor ensartada en el estribo. ¡Espadas, ruidos y polvareda! La bandera es algo sagrado: ha sido bendecida con un rito especial de la Iglesia y nunca, so pena de incurrir en un grave delito, se puede perder. Es prueba de la pertenencia a una unidad armada, a un municipio o a un señor feudal. Es señal de guerra cuando ondea durante la carga de una batalla, y de paz y de juego durante la disputa de los torneos o de un palio. Las ciudades se decoran con blasones que adornan las paredes, las puertas y los palacios de las familias ilustres. Cada blasón habla del linaje y de la importancia de la familia misma. Nada en un blasón está puesto al azar: cada inscripción, cada dibujo cuenta una historia, los orígenes de un poder, el nacimiento de un privilegio. Así se entiende por qué la pérdida de una bandera, al igual que la de un gonfalón o un blasón, significa deshonor.

Los repiques de la campana fraccionan la jornada.

19

CÓDICES Y MINIATURAS

Ora et labora. La regla de las antiguas órdenes monásticas, ya benedictinos, ya franciscanos, mantenía ocupado al monje durante todo el día en una serie de actividades. Junto con la oración, el trabajo era la otra manera de servir y honrar al Señor. Así se crearon, en la paz y en el silencio de las bibliotecas de los monasterios, auténticos centros de copia y transcripción de textos antiguos. Gracias a estos monjes y a su infatigable obra, muchos textos de las culturas griega y romana sobrevivieron a las invasiones bárbaras y a la decadencia de los tiempos. Los encargados de esta misión tan difícil y preciosa eran los amanuenses, del latín *amanuensis*, es decir, persona que escribe a mano. Los manuscritos eran en general textos más bien voluminosos —como los libros de registro— que sobrepasaban los cuarenta centímetros. El papel era el pergamino, la piel de oveja o de

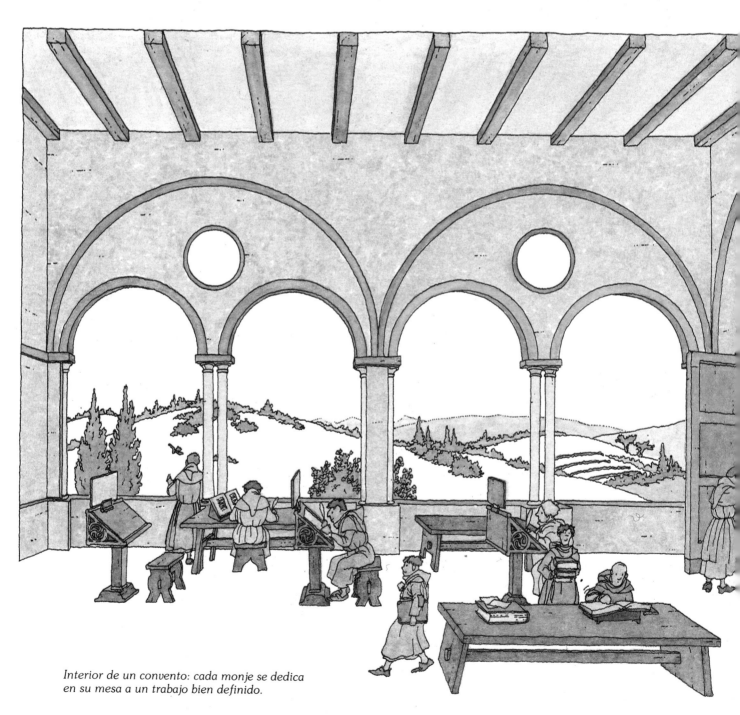

Interior de un convento: cada monje se dedica en su mesa a un trabajo bien definido.

cordero trabajada hasta reducir su espesor al de una hoja. La especialización llevó pronto a la división del trabajo: estaban los que preparaban el pergamino, los escribas propiamente dichos y luego los miniaturistas y los encuadernadores. A las operaciones de escritura se añadían las de ornamento: auténticas pinturas tanto en la portada del libro como al inicio de cada párrafo. Para pintar se usaba polvo de oro y de plata disuelto en agua mezclada con goma; sin embargo, el vocablo "miniatura" deriva del frecuente uso que se hacía del minio, un polvillo de color rojo intenso producido por el plomo al permanecer en contacto con el aire. La última operación era la encuadernación; de hecho cada códice estaba formado por legajos de hojas de pergamino dobladas. El encuadernador debía pues, proseguir manualmente, utilizando varillas de madera y cosiendo después los lomos. Más tarde, al intensificarse la demanda y, por tanto la producción de libros, se introdujo la costura mecánica con telar. Abramos ahora un manuscrito antiguo: nada puede transmitir mejor la atmósfera de la Edad Media y de los monasterios medieva-

les. En las miniaturas de los códices hallamos el silencio, la humildad y también la capacidad artística de monjes sin nombre que entendían su trabajo como una continua oración. En las páginas de pergamino, gruesas y algo bastas, encontramos el cansancio del trabajo, la humedad de las bibliotecas antiguas, la incomodidad de trabajar en condiciones muy difíciles. En la escritura tradicional de caracteres góticos observamos la paciencia y dedicación a la propia tarea. La producción de textos sagrados, de libros de los Padres de la Iglesia y de textos litúrgicos para las prácticas religiosas cotidianas en las iglesias, cada vez más numerosas en toda la Europa cristiana, es grande. Junto a éstos, enciclopedias y tratados para la preparación profesional de los eclesiásticos. La estructura misma de los códices evoca el modo en el que se usaban. No se trata todavía de los manuscritos que se crearán más tarde para los universitarios o los profesionales de las ciudades, que obviamente serán más ligeros y fáciles de transportar. Para un monje, para un hombre de la Baja Edad Media, el texto de un libro es absolutamente inseparable de

los comentarios que poco a poco se van añadiendo a dicho libro. En los antiguos códices, además del espacio para las miniaturas y el texto, se guarda un buen lugar para el comentario: se deja libre toda la parte externa de la hoja, mientras que el texto se sitúa en dos columnas en el centro de la página. Parece que estemos viendo a estos antiguos personajes enfrascados en sus manuscritos y comentarios, dedicados a una lectura lenta, a un estudio repetitivo y meditativo, mientras en el laboratorio de al lado un escriba y un miniaturista se concentran en los textos que deben copiar y ornamentar. Porque escribir, decorar y estudiar son diferentes modos de orar y reconocer la grandeza de Dios.

En los antiguos códices medievales el trabajo de escritura siempre va acompañado del dibujo y de la ornamentación.

Tras la Edad Media, el Renacimiento. Hasta la invención de la imprenta, el libro con miniaturas e ilustraciones sigue siendo una obra de arte.

Con el Renacimiento, la ilustración pierde su aspecto didáctico, desvinculándose del texto. ¡Se convierte en una obra de arte!

Los antifonarios eran libros que contenían las antífonas, es decir, las partes cantadas de la liturgia de la misa.

JUGLARES, PÍCAROS Y ROMANCEROS

¡En la ruidosa plaza se ve a mucha gente, se escuchan músicas y sonidos, se admiran trajes de colores, danzas, y se oyen carcajadas! ¡Llega la fiesta con los pícaros, juglares, romanceros y trovadores! Las calles de la Edad Media, aún llenas de peligros y poco frecuentadas, son prueba del peregrinar entre países, ciudades y campos de estos nuevos grupos sociales que también en sus diferencias están unidos por un único ideal: el rechazo de la vida monástica y contemplativa. Son los clérigos vagabundos y los goliardos, estudiantes pobres que siguen a todas partes a su maestro. Los juglares que se exhiben en las cortes. Los pícaros, los romanceros y los bufones populares cuyo escenario está hecho de plazas de pueblos y eras de campos. Son los portadores de una cultura distinta a la oficial, que halla sus medios de transmisión y comunicación en el ritmo, la música, el relato y la capacidad de expresión mímica.

No hay radio, ni cine, ni televisión: en los pequeños pueblos medievales, ni siquiera hay teatro para romper la monotonía de la vida diaria. Sólo queda ir a la plaza y escuchar las extraordinarias aventuras que narran los romanceros.

CALCOGRAFÍA, XILOGRAFÍA, AGUAFUERTE E INCUNABLES

Imprimir un signo, dejar una huella. Primero con la xilografía, que significa escritura sobre madera, para adornar el tejido de los vestidos; más tarde con la litografía, escritura en piedra, posteriormente con las letras de estaño y de terracota, para llegar a los miniaturistas con el oro, el minio y la tinta sobre hojas de pergamino. En este proceso el invento de los tipos móviles marca un momento decisivo de cambio.

Por lo que concierne a la litografía, se hace un dibujo con tinta grasa en una piedra

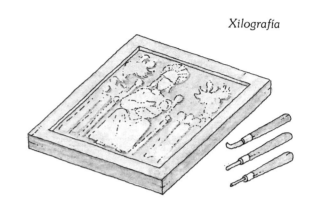

Xilografía

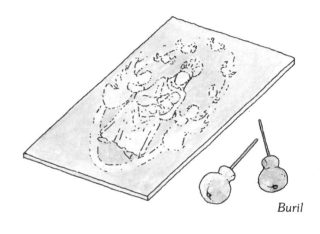

Buril

Aguafuerte

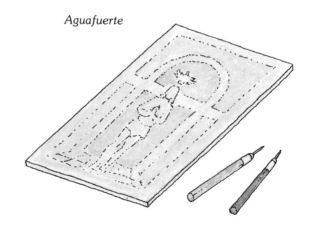

pulida, se deja secar y se baña la piedra con una solución hidrófuga. Al pasar un rodillo con la tinta, ésta se adherirá sólo a la parte dibujada. En cuanto a la xilografía, se elimina de la tablilla todo el material sobrante con gubias y cinceles, de modo que la tinta penetre sólo en el dibujo. Para la calcografía, la incisión se realiza en placas de cobre, zinc o latón; la tinta se adhiere a la imagen grabada con el buril. Por su parte, el aguafuerte deriva del nombre medieval del ácido nítrico. Se extiende la cera en un soporte de cobre y se dibuja la imagen. Después se sumerge la placa en ácido nítrico, que corroe el cobre (mordedura) y permite que la tinta se adhiera

Un marchante de arte examina, junto con el impresor, la calidad del trabajo obtenido con la prensa manual en uno de los numerosos talleres artesanos que surgieron, hacia la mitad del siglo XV, por todas partes en Europa.

al dibujo. Repitiendo la operación se pueden obtener los claroscuros deseados. Se abren nuevos mundos, nuevas perspectivas. De la litografía a la tipografía. Nunca las palabras han sido tan importantes. Tipografía significa escritura con tipos o con matrices, es decir, con moldes de un metal durísimo que se utilizaban para imprimir las letras en otro metal fundido, consiguiendo así todas las copias posibles del mismo signo alfabético. Como todo gran invento, también el de la imprenta tiene numerosos pretendientes, y muchas son las naciones que reivindican su

paternidad en favor de uno de sus ciudadanos. El nombre que la historia ha conservado es el de Johann Gensfleisch, más conocido como Johann Gutenberg, artesano de Maguncia. El alcance del descubrimiento y del uso de los tipos móviles ha sido extraordinario. Los monjes de los conventos medievales empleaban muchísimo tiempo para conseguir copiar dos o tres ejemplares de un libro. Los tipos móviles resuelven el problema: a partir de este momento, de cada página, una vez compuesta en el bastidor, pueden reproducirse un número infinito de copias.

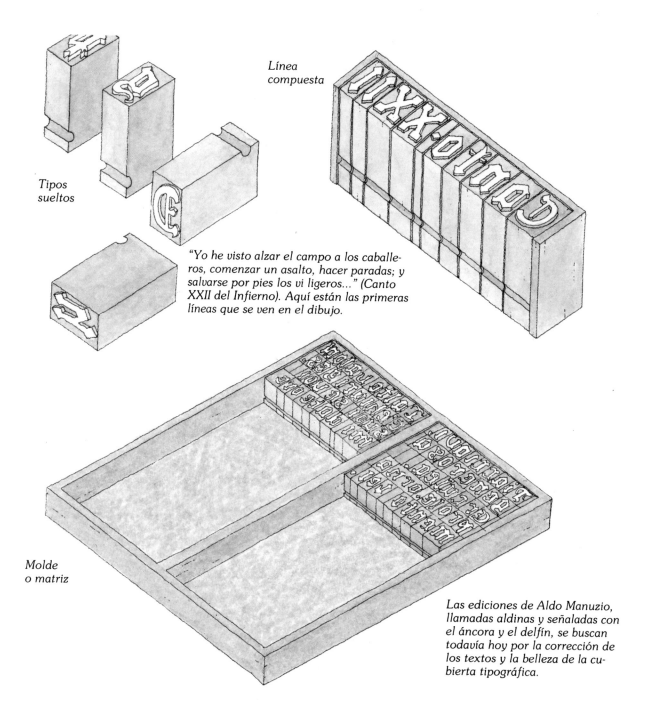

Línea compuesta

Tipos sueltos

"Yo he visto alzar el campo a los caballe-
ros, comenzar un asalto, hacer paradas; y
salvarse por pies los vi ligeros..." (Canto
XXII del Infierno). Aquí están las primeras
líneas que se ven en el dibujo.

*Molde
o matriz*

Las ediciones de Aldo Manuzio,
llamadas aldinas y señaladas con
el áncora y el delfín, se buscan
todavía hoy por la corrección de
los textos y la belleza de la cu-
bierta tipográfica.

LOS TIPOS MÓVILES

En poco tiempo el invento de Gutenberg se
difundió y empezaron a surgir nuevas tipografías. Primero fue solamente en Alemania,
pero poco después, de 1465 en adelante, el
nuevo arte de imprimir se introdujo en toda
Europa. Las obras de Aldo Manuzio publica-
das en Venecia a partir de 1489 se hicieron
famosas rápidamente. Cada gran descubrimiento o invento inaugura una nueva era.
Con el invento de la imprenta ocurrió, por

una parte, que el libro perdió ese carácter de
objeto precioso y buscado que la tradición de
los monjes y copistas había contribuido a
crear, pero, por otra, fue precisamente esto
lo que permitió su difusión a más y más personas cada vez. Lejos de los monasterios y
de las bibliotecas el libro va por el mundo, se
convierte en un objeto y, como tal, puede
ser adquirido, cambiado, odiado y, sobre todo, querido. Imprimir un signo, dejar una
huella. Sobre el papel para quien escribe, en
la memoria para el que lee.

LA IMPRENTA CON TIPOS MÓVILES

Entremos ahora en el laboratorio de Gutenberg. Estamos asistiendo a un espectáculo extraordinario: se está imprimiendo la Biblia, el primer "libro impreso" de la historia. Lo primero que vemos es una prensa de madera, luego un horno pequeño con su correspondiente crisol para fundir los metales y un tablero inclinado dividido en muchos pequeños compartimentos. En cada uno de ellos hay una letra del alfabeto repetida en otros ejemplares. Gutenberg tiene en la mano un componedor, una especie de regla con un hueco, con el que está componiendo la primera línea: "En el principio creó Dios los cielos y la tierra". Compone la primera palabra: "En", y luego coge unas regletas de otro compartimento, más bajas y finas que el sello de las letras, y las introduce para crear un espacio. Así se sigue, alineando las filas una debajo de otra hasta completar una página entera. Entonces se aprieta el bastidor con las palomillas para que los caracteres no se muevan y se lleva el bastidor bajo una prensa, donde se pasa la tinta con un rodillo. Encima se coloca una hoja de papel y después se gira la prensa para que el papel quede pegado a la composición. Eso es, ya está lista la página, la primera página impresa de la historia. Sólo falta quitarla de la prensa para poder colgarla y dejarla secar.

Gutenberg examina con ojo crítico la primera hoja impresa de "su" Biblia. ¡Aunque no lo demuestra, hay que decir que se siente muy satisfecho! Detrás de él, el representante de una nueva profesión: ¡el tipógrafo!

Componedor: la mesa oblicua donde se volvían a colocar las letras.

Uso de la prensa tipográfica.

1) *El molde se ajusta bajo la prensa, y con un tampón se distribuye la tinta. La página blanca se introduce en el marcador.*

3) *Se acciona la prensa, moviendo el tornillo sin parar, para crear la presión necesaria para la impresión, y los caracteres quedan impresos en el papel.*

2) *Se cierra el cajón del marcador de modo que este último se apoye en el molde. El portamolde se va deslizando a través de la superficie de la prensa.*

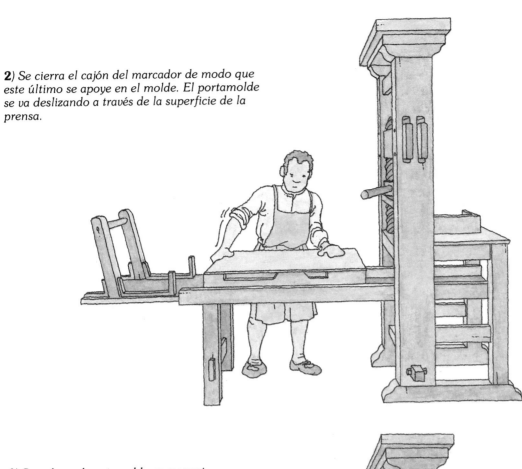

4) *Se coloca el portamolde en su posición inicial, se abre el cajón del marcador, se saca la hoja impresa y se pone a secar.*

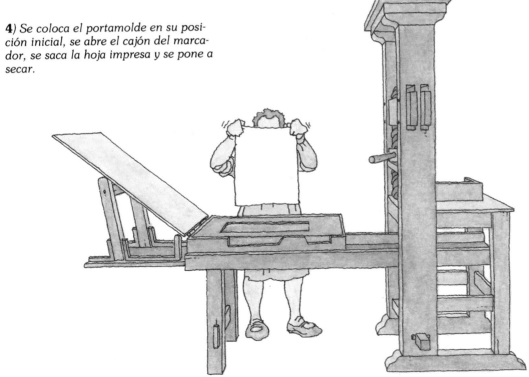

GACETAS Y EDITORES

El método de la imprenta de tipos móviles se difundió rápidamente por toda Europa. Por todas partes aparecían laboratorios y tipografías, y un nuevo fenómeno de extraordinaria importancia empezaba a imponerse: no sólo se imprimían libros, sino también los primeros periódicos y gacetas. Información y educación además de cultura. Lentamente se estaba formando un público, ese público que somos nosotros ahora, que leemos los periódicos y las revistas, bombardeados por informaciones de todo el mundo. Leer significa mirar por encima del lugar donde se vive, levantar los ojos, descubrir nuevos horizontes.

Los antepasados de los periódicos modernos son las correspondencias privadas que mantenían entre sí los grandes comerciantes internacionales, en ocasiones tan privadas que a nadie le interesaba que se publicasen. Es más, las primeras gacetas trataban noticias comerciales poco importantes, noticias de las cortes extranjeras y, sobre todo,

La costumbre de comprar y leer el periódico, comentando con amigos y conocidos los grandes acontecimientos de la historia y los sucesos cotidianos, arraigó en toda Europa.

30

La Gaceta de Parma representa un caso particular en el florecimiento de periódicos locales que brotan prácticamente en todas las ciudades italianas, al transformarse de semanal en diaria.

Junto con la figura del tipógrafo nace la del editor, profesión difícil y compleja donde las haya.

lo que hoy llamamos sucesos: incendios, naufragios, curas milagrosas u homicidios. También los gobernantes captaron pronto la importancia de los periódicos y de la circulación de las noticias, y a menudo adquirieron las agencias de información, transformando así las gacetas en auténticos diarios oficiales del gobierno. Junto con éstos, nacían a partir de finales del siglo XVII las primeras revistas, cuyo objetivo no era tanto la información como la crítica y, principalmente, la instrucción pedagógica. En este sentido tenemos el ejemplo de las revistas de argumento moral: se discute sobre ellas en los cafés, se habla públicamente de ellas y los editores reciben muchas cartas, de las que se publican algunas. Otro ejemplo son las revistas científicas, dirigidas a un público laico e intelectual, y contienen críticas de libros e informaciones de carácter cultural. Pero además hay un vasto público que está naciendo y formando, y que encuentra en estas hojas motivo de interés y de crecimiento.

Desde los códices medievales a los libros, y por último a los periódicos, lo moderno está suplantando a lo antiguo. Algunas figuras desaparecen, otras nacen, como el editor que ocupa el lugar del mecenas que distribuía sus obras entre súbditos y discípulos. Tanto la imprenta como los libros o los periódicos se convierten también en una empresa comercial: hay que instituir y afrontar nuevas formas de organización, como la distribución directa de las obras en el mercado.

LA MÁQUINA DE ESCRIBIR

La idea de sustituir la escritura a mano por la escritura a máquina ha cautivado durante largo tiempo la imaginación de muchos hombres. A que este sueño se hiciese realidad

Un piano escribiente de 1855.
Su funcionamiento es el adelanto del
de la máquina de escribir.

Una máquina de escribir de
funcionamiento mecánico.

han contribuido nuevas exigencias de práctica comercial y el particular gusto por las máquinas y los robots de los hombres de finales del siglo XVIII. Como todo invento, la máquina de escribir tiene sus progenitores y sus predecesores. En 1823 se presentó el taquígrafo –primera máquina con teclas y palancas que escribían–, pero el verdadero precursor es el piano escribiente: inventado por Ravizza en 1837, tenía unas palancas levantadas que batían de abajo hacia arriba y accionaban el movimiento del carro portapapel. Ya estaba trazado el camino, y el sueño estaba a punto de cumplirse. En 1874 la industria Remington presentó su máquina de escribir y enseguida inició su producción a nivel industrial. Un nuevo ruido aparecía en el mundo moderno: el tecleo veloz y preciso de los teclados daba al traste definitivamente con el silencio de los antiguos copistas.

La máquina de escribir está compuesta por el teclado; por el conjunto de palancas que transforman la presión del dedo en una tecla, marcada con una letra del alfabeto o con un símbolo; por la impresión del carácter sobre la hoja, que se enrolla en el rodillo; por la cinta impresora y por el carro.

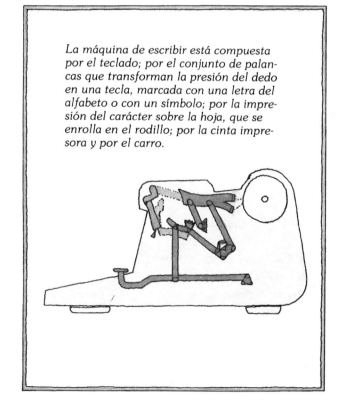

LA FOTOGRAFÍA

Un coche de carreras que pasa a gran velocidad, un perro que corre por un prado, cualquiera de nosotros apagando las velitas de una tarta de cumpleaños... basta un *clic*, un simple movimiento del dedo sobre el pulsador de la máquina fotográfica, y ese instante quedará plasmado para siempre. Esto es la fotografía: la posibilidad de parar el tiempo, de ser fieles testimonios de una situación, de poderla recordar después, pues el pasado está ahí, en esa cartulina con nuestros rostros, y donde se vislumbran nuestras emociones, y cada vez que la miramos nos parece revivirlas, como si volviesen a estar presentes.

Es evidente cómo entre los años 1830 y 1850 un invento de este tipo podía resultar un cambio tan extraordinario. "Desde hoy la pintura está muerta", se sostenía por doquier. Por fin el retrato correspondía exactamente a la realidad sin que interviniera la mano del pintor, a pesar de que en aquellos tiempos las cosas no eran como hoy. Las máquinas fotográficas se asemejaban a enormes cajas de madera montadas sobre un trípode, las mismas fotografías se llamaban todavía daguerrotipos y se hacían en placas de hojalata preparadas con una solución de cloruro de plata. Fue Daguerre, de ahí el nombre de "daguerrotipos" en su honor, quien puso a punto este procedimiento, que no obstante requería tiempos de exposición bastante largos. El que debía ser fotografiado permanecía cuatro o cinco minutos ante la cámara, hasta que la imagen se imprimiera. A partir de este momento el desarrollo de la técnica fotográfica estuvo ligado al perfeccionamiento de la máquina y a la búsqueda de nuevos materiales que utilizar. En 1840 se

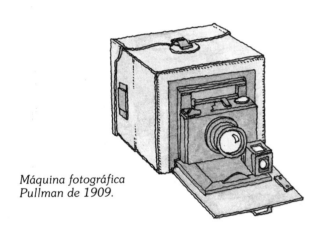

Máquina fotográfica Pullman de 1909.

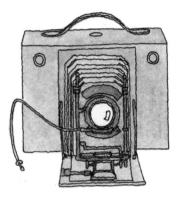

Máquina fotográfica Kodak de 1910.

En un típico estudio fotográfico de finales de siglo, un jefe de tribu indio se retrata ante un fondo de las Montañas Rocosas.

introdujo el uso del objetivo, para enfocar las imágenes. A la par, en lugar de las láminas de hojalata usadas por Daguerre, aparecieron las primeras fotografías sensibilizadas con colodión (una gelatina) y sales de plata. Todo ello para obtener fotografías más nítidas y tiempos de exposición más cortos. Sin embargo, la auténtica revolución la constituyeron las películas de celuloide. Este nuevo material a partir de finales del siglo XIX marcó el verdadero punto de inflexión, e inauguró el nacimiento de la fotografía moderna.

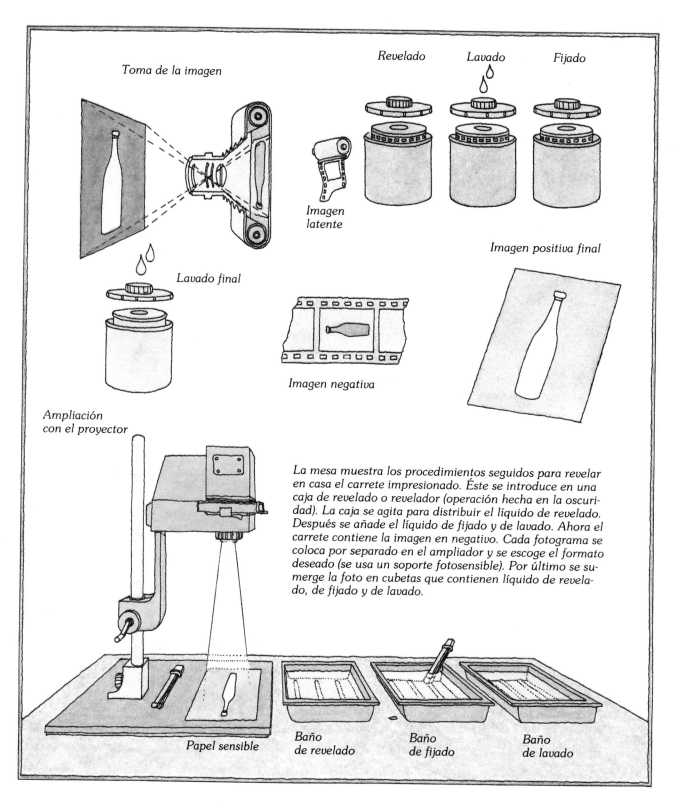

Toma de la imagen

Revelado   Lavado   Fijado

Imagen latente

Imagen positiva final

Lavado final

Imagen negativa

Ampliación con el proyector

La mesa muestra los procedimientos seguidos para revelar en casa el carrete impresionado. Éste se introduce en una caja de revelado o revelador (operación hecha en la oscuridad). La caja se agita para distribuir el líquido de revelado. Después se añade el líquido de fijado y de lavado. Ahora el carrete contiene la imagen en negativo. Cada fotograma se coloca por separado en el ampliador y se escoge el formato deseado (se usa un soporte fotosensible). Por último se sumerge la foto en cubetas que contienen líquido de revelado, de fijado y de lavado.

Papel sensible

Baño de revelado

Baño de fijado

Baño de lavado

EL SERVICIO POSTAL MODERNO

Miradlos. Están en la parte superior derecha del sobre, y con sus colores y sus dibujos parecen sonreír. Llevan impresos los perfiles de reyes y personajes destacados, los dibujos de monumentos famosos, los recuerdos de un acontecimiento importante. Son los sellos, inventados en Inglaterra en 1840 por sir Rowland Hill, e introducidos durante la reforma del correo inglés, que poco después fue adoptada por todos los países europeos. El uso del sello representa un acontecimiento en el desarrollo de la historia del servicio postal moderno. El mundo se ha convertido hoy día en un pueblecito, la necesidad de la comunicación y del intercambio de informaciones y mercancías se hace cada vez más urgente. Por tanto, el sistema postal ha tenido que adaptarse. Público y privado, por tierra, por mar y principalmente por avión, lo que se les pide a todos es velocidad, precisión y fiabilidad de la expedición.

Los sellos fueron objeto de estudio y de colección desde su invención, en 1840. La filatelia es la ciencia que se ocupa de todo esto. El primer catálogo de sellos apareció en Francia en 1861.

En pocas horas cualquier paquete o pliego tiene que llegar hasta los lugares más lejanos del mundo.

La rápida evolución tecnológica del teléfono fue de la mano con la evolución estética, como resulta evidente al observar el prototipo de Meucci (a la izquierda) y un modelo de tipo Ericson (a la derecha).

EL TELÉFONO

Blancos, rojos, amarillos, verdes y hasta transparentes. De todas las formas y colores. Fijos y portátiles. Los teléfonos están siempre con nosotros, en las casas, en las oficinas, en los coches. Nuestra voz va por todas partes, llega a cualquier lugar en cualquier momento; el mundo se ha convertido en una inmensa red de comunicaciones. Sin embargo, nunca fue tan controvertida la historia de un descubrimiento. Todo empezó con una batalla legal por la patente del invento, que duró muchos años, entre el florentino Antonio Meucci y el americano Alexander Graham Bell. Después de largos procesos, al primero le fue reconocida la paternidad mo-

ral, mientras que Bell disfrutó de los éxitos mundanos y remunerativos. De cualquier modo, dejando a un lado las polémicas, nos gusta recordar a estos hombres como los pioneros del mundo moderno, como los que han contribuido a ensanchar nuestros horizontes y a imaginar nuevas perspectivas. Al igual que en el caso del telégrafo, con el teléfono también se trató de explotar las ventajas que ofrecía la electricidad. Todo cuerpo emite un sonido al ser golpeado, es decir, hace vibrar el aire a su alrededor. Lo mismo sucede cuando hablamos. El problema del teléfono es precisamente éste: conseguir transformar las vibraciones del aire producidas por nuestras palabras en variaciones de una corriente eléctrica, y enviar dicha co-

Descolgar el auricular y marcar el número significa ponerse en contacto con...

...una centralita de distrito conectada con nuestro aparato, que pasa la llamada inmediata y automáticamente...

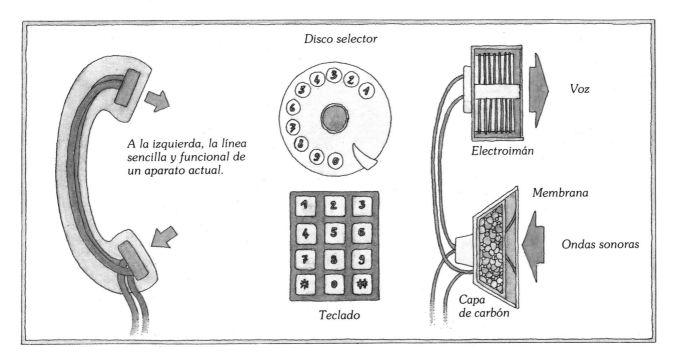

Disco selector

Voz

Electroimán

Membrana

Ondas sonoras

Capa de carbón

Teclado

A la izquierda, la línea sencilla y funcional de un aparato actual.

A la derecha: abajo, las ondas sonoras de la voz de quien habla generan una presión variable sobre una capa de carbón. Al variar la presión cambia la resistencia eléctrica que opone el carbón al paso de una corriente: la voz genera una corriente eléctrica variable que se transmite al teléfono del receptor, que activa un electroimán que, con intensidad variable, atrae a una membrana metálica, que reproduce la voz de quien ha llamado (arriba).

rriente a un aparato receptor que a su vez sea capaz de transformarla de nuevo en nuestra voz. Como las corrientes eléctricas pueden recorrer mucho más espacio que la voz, de esta forma se consiguió hablar a distancia. La necesidad de comunicación creció enormemente, tanto que en el curso de pocos años se aportaron notables mejoras a los aparatos de Meucci y Bell, que parecían graznar, y se introdujeron las primeras centralitas automáticas. Hoy día nos resulta imposible pensar en un mundo sin teléfonos: sería como un mal sueño de ciencia ficción, un "pequeño mundo antiguo" donde todos se sentirían aislados, condenados a hablar con las pocas personas de su alrededor.

El teléfono de Meucci se experimentó con éxito por primera vez en verano de 1857.

...a la centralita de distrito del receptor. A su vez, este último envía el impulso...

...al teléfono receptor. Suena un timbre, se descuelga un auricular y la llamada puede comenzar.

EL TELÉGRAFO

Cuando se construyó la primera línea telegráfica entre Baltimore y Washington, los periódicos de la época subrayaron el carácter sensacional del nuevo invento. En efecto, el telégrafo de Morse fue la primera aplicación práctica de alcance general de las investigaciones llevadas a cabo sobre los fenómenos eléctricos. La idea era llegar a transmitir informaciones a distancia. Esto se conseguía descomponiendo cualquier letra del alfabeto en dos únicos signos, que a su vez se combinaban entre sí: el punto y la línea. Cada uno de estos signos correspondía a un impulso eléctrico, más breve en el punto, más largo, cerca de tres vueltas, en la línea. Una vez establecido el código, el telegrafista enviaba el mensaje por la línea eléctrica, y el receptor era quien, a su vez, conseguía decodificarlo.

El telégrafo está formado por un dispositivo transmisor, que envía el mensaje bajo forma de impulsos eléctricos de longitud variable y...

...por un aparato receptor que traduce las señales recibidas en una sucesión ordenada de puntos y líneas.

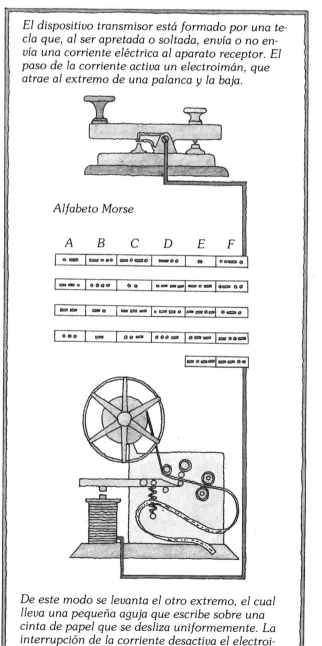

El dispositivo transmisor está formado por una tecla que, al ser apretada o soltada, envía o no envía una corriente eléctrica al aparato receptor. El paso de la corriente activa un electroimán, que atrae al extremo de una palanca y la baja.

Alfabeto Morse

De este modo se levanta el otro extremo, el cual lleva una pequeña aguja que escribe sobre una cinta de papel que se desliza uniformemente. La interrupción de la corriente desactiva el electroimán, y la aguja desciende. Así se generan una sucesión de puntos y líneas que forman el mensaje.

EL TELÉGRAFO SIN HILOS

La señal convenida era la letra S, obtenida tras pulsar tres veces la tecla del transmisor según el alfabeto Morse. El mensaje fue recibido por la otra parte y, por lo tanto, todo se desarrolló con aparente normalidad. La única diferencia sorprendente era que Marconi transmitía la señal desde Cornualles, mientras que el receptor se encontraba en América, a más de tres mil kilómetros de distancia. A partir de entonces la ciencia empezaba a investigar el campo de lo invisible, donde se transmitiría un mensaje sin necesidad de hilos ni enlaces. En aquel 6 de diciembre de 1901 nació oficialmente el telégrafo sin hilos. Las deudas científicas de Marconi eran inmensas: sin las investigaciones del físico

La explotación del nuevo invento se aplicó inicialmente a fines civiles, como, por ejemplo, el socorro a navíos en avería.

escocés Maxwell y del alemán Hertz, su descubrimiento habría sido imposible. El primero de ellos formuló una teoría según la cual una corriente eléctrica variable genera ondas electromagnéticas que, aun invisibles, son de la misma naturaleza que las ondas luminosas, es decir, que la luz, y se propagan en el espacio igual y con la misma velocidad que la misma. Por su parte, Hertz demostró la existencia de dichas ondas electromagnéticas generando en el laboratorio ondas de radio (que son ondas electromagnéticas) mediante cargas oscilantes (es decir, con corrientes variables). En la historia de la investigación científica ocurre a menudo que un científico, a pesar de realizar un descubrimiento fundamental, no llega a intuir una posible aplicación práctica. El destino de las teorías de Maxwell y de los experimentos de Hertz estaba en la intuición de Marconi: aprovechar estas ondas electromagnéticas para enviar mensajes a distancia. Inicialmente los estu-

Todo descubrimiento abre nuevos caminos y establece nuevas fronteras. Para explicar el funcionamiento del telégrafo sin hilos, unos años más tarde se llegó a demostrar la existencia de la ionosfera, una capa de la atmósfera que refleja las ondas electromagnéticas hacia abajo.

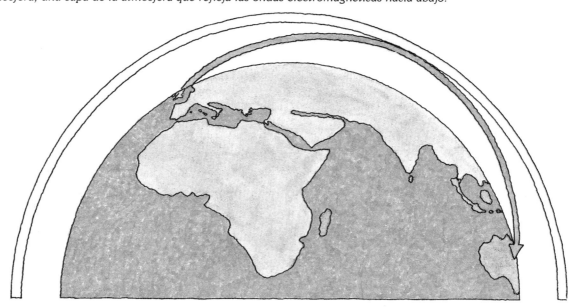

diosos se mostraron muy escépticos: las ondas de radio se propagaban en sentido rectilíneo, por lo que parecía imposible que se adecuaran a la curvatura terrestre. Fue precisamente aquella letra *S* transmitida de una a otra parte del océano la que disipó todas las dudas. La repercusión del invento del telégrafo sin hilos fue enorme, y sus aplicaciones prácticas inmediatas y muy útiles. El mismo Marconi promovió el uso de la telegrafía sin hilos para socorrer a los náufragos; así pues, en principio su invento se utilizó para fines humanitarios. Pero, sobre todo se estaba dibujando una nueva era donde las distancias estaban destinadas a reducirse y el mundo a convertirse en un pueblecito.

El mundo se hace más pequeño. El experimento de Marconi consistente en encender las luces de la ciudad de Adelaida (Australia) desde Europa causó un enorme asombro.

EL FONÓGRAFO

"María tiene un precioso cordero, y es del todo blanco su manto de pelo..." Cuando un mecánico de Nueva York lo oyó por primera vez reproducido por una máquina, se sintió confuso. Ante él estaba Thomas Alva Edison, y lo que escuchaba era la voz algo chirriante del primer fonógrafo. Diez años después aparece el gramófono, que sustituía el cilindro giratorio de Edison por un disco de metal con una capa de cera. Aunque sólo mediante el uso de la electricidad los primeros amplificadores aumentaron la intensidad del sonido, y las reproducciones fueron más fieles. Con el plástico se reemplazó el disco de metal, pero el destino del primer fonógrafo estaba en la electrónica y en el *compact disc*, donde un rayo láser lee la información digital que sustituía a los microsurcos.

Los primeros fonógrafos emitían sonidos distorsionados y de intensidad limitada. La introducción del amplificador supuso un gran progreso, al permitir compensar las distorsiones y obtener un sonido muy potente.

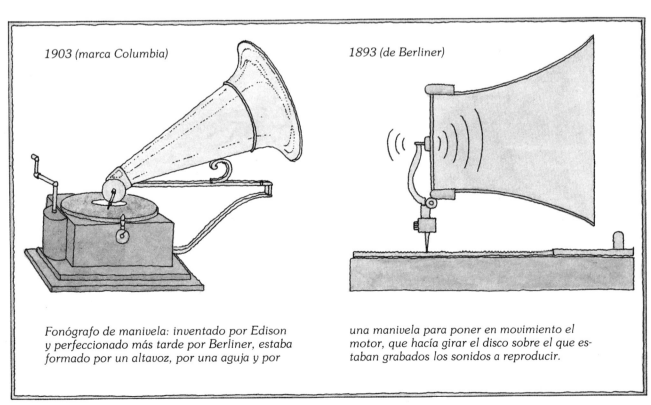

1903 (marca Columbia)

1893 (de Berliner)

Fonógrafo de manivela: inventado por Edison y perfeccionado más tarde por Berliner, estaba formado por un altavoz, por una aguja y por

una manivela para poner en movimiento el motor, que hacía girar el disco sobre el que estaban grabados los sonidos a reproducir.

EL CINEMATÓGRAFO

Imaginemos aquella pequeña pantalla blanca al fondo de la sala y aquellas imágenes vacilantes: un tren que corre hacia nosotros, una puerta que se abre y deja salir a un tropel de trabajadores y trabajadoras... Imaginemos: "cosas de Luna Park, atracciones para espíritus ingenuos".Éstos debían de ser los comentarios de los pocos espectadores que la tarde del 28 de diciembre de 1895 habían asistido a la primera proyección de los hermanos Lumière en el *Salon Indien* de París. Y, sin embargo, aquella tarde, en aquella sala semidesierta y semioscura, se inauguraba la historia del cine, un nuevo modo de expresión destinado a cambiar la vida misma, las distracciones y diversiones e incluso el modo de pensar de todos. Es cierto que los instrumentos técnicos mejoraron rápidamente, y la máquina tomavistas de los hermanos Lumière podría estar hoy en un museo arqueológico; pero lo que se comprendió inmedia-

tamente era que el cine resultaba un extraordinario vehículo de ideas. Representa el movimiento, las personas vivas y, por lo tanto, la vida. Al principio, el género más exitoso fue el de las películas cómicas, los famosos "finales cómicos", y, sobre todo, las películas históricas. Los grandes personajes, las grandes historias, las epopeyas salían de los libros para recobrar la vida en una imagen. Al final de los años veinte, la llegada del sonoro provocó una auténtica revolución: la palabra, la posibilidad del diálogo aportaron una mejora a géneros como el drama y el melodrama. A través de la máquina tomavistas se podían contar las historias de hombres y mujeres, sus alegrías y sus dolores, que son las nuestras, que nos identificamos con esas imágenes. El bombín y el bastón de Charlot, las miradas, ya dulces, ya fieras, de los personajes de Walt Disney, los viajes y esperanzas de los héroes de ciencia ficción. El cine es un arte: inventa sueños tan grandes que nuestra propia vida forma parte de ellos.

El visor es un"sistema óptico" que permite al operador ver con precisión las imágenes filmadas por la cámara.

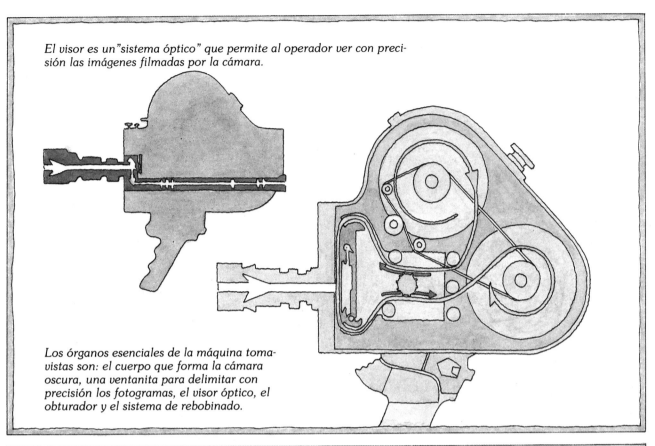

Los órganos esenciales de la máquina tomavistas son: el cuerpo que forma la cámara
oscura, una ventanita para delimitar con
precisión los fotogramas, el visor óptico, el
obturador y el sistema de rebobinado.

El proyector es un aparato de iluminación que
produce un haz de rayos luminosos paralelos.

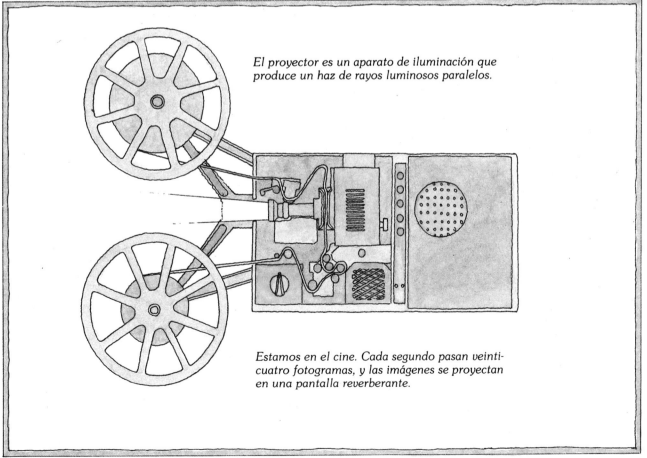

Estamos en el cine. Cada segundo pasan veinti-
cuatro fotogramas, y las imágenes se proyectan
en una pantalla reverberante.

CÓMO SE HACE UNA PELÍCULA

Vamos detrás de los bastidores para conocer a todas las personas que trabajan en una película y que no aparecen nunca. Ya conocemos a los actores y al director, pero antes de que éstos comiencen su trabajo es necesario que otras personas hayan empezado ya. En primer lugar los autores y los guionistas, que, aparte de escribir la película e inventar su historia, la proponen al productor. Éste es el verdadero protagonista de la fase organizativa: escoge y aprueba el tema de la película, consigue el dinero necesario para realizarla y, en general, constituye, preside y supervisa cada uno de los aspectos de la organización. Para ello el productor nombrará a sus colaboradores, el director de producción, los inspectores de producción y, por último, las secretarias de producción. Junto con el productor, el director es el responsable de la parte artística. De hecho es quien escoge a sus colaboradores: primero a su brazo derecho, el ayudante de dirección, después al director artístico, al director de fotografía, al compositor, al ingeniero de sonido y al mon-

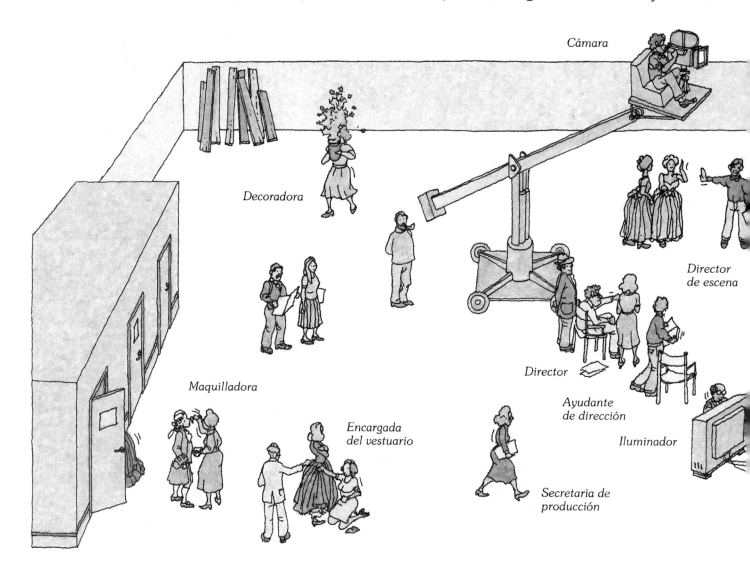

Cámara

Decoradora

Director de escena

Maquilladora

Director

Ayudante de dirección

Encargada del vestuario

Iluminador

Secretaria de producción

Estamos en el plató de una película. Todo está listo, los actores esperan y el director está a punto de pronunciar el fatídico: "¡Se rueda! ¡Acción!". Dentro de un momento se empezarán a hacer las tomas de la película. ¡Alejémonos en silencio y veamos qué sucede!

tador. Cada uno de ellos se apoya a su vez en un grupo de colaboradores: el escenógrafo en los que construirán la escena, el director de fotografía en un grupo de electricistas, mientras que el ayudante de dirección coordinará, con el propio director, el trabajo de los maquinistas y de los operadores de filma-

ción. Junto a ellos está el personal de sastrería, vestuario, maquillaje, peluquería… Pero he aquí que de improviso se desvanece la inmovilidad inicial con la primera entrada del actor, con el primer gesto del director, con la primera elección del encuadre. El gran circo del cine acaba de ponerse en movimiento.

Ayudante de escena

Actores

Decoradores

Operador

LA RADIO

El "clic" del botón, el giro de la ruedecilla de la sintonía y la máquina parlante empieza a funcionar inmediatamente. Es como una onda ligera e invisible que llena la casa de palabras, sonidos y música. Junto con el telégrafo, el telégrafo sin hilos y el teléfono, la radio es el instrumento que ha contribuido a empequeñecer el mundo, a hacer que lo que parecía lejano e inalcanzable se volviese cercano y familiar. El nacimiento y desarrollo de

Uno, dos, tres..., ¡en el aire! El locutor es la voz de la radio: el buenos días de por la mañana, la compañía en la sobremesa, el buenas noches de por la noche. Una voz tan lejana que siempre está cerca.

la radiodifusión ha permitido la superación de la radiotelegrafía. Inicialmente, todavía con los experimentos de Marconi, los mensajes se enviaban utilizando sólo las letras del código Morse, mientras que la comunicación hablada comenzó experimentalmente a partir de 1906. Todo invento, todo progreso está precedido generalmente de muchos años de estudio y de tentativas, pero después llega siempre un momento crucial y decisivo: para la radiodifusión fue el 15 de junio de 1920,

cuando se transmitió en América el primer concierto radiofónico. A partir de entonces el éxito fue inmediato, enorme e imparable. Un año más tarde se abrió en Londres la primera estación de radio europea. Noticias, mensajes, comunicados comerciales, informaciones de todo tipo: las palabras que se propagaban a través del aire estaban cambiando la vida de millones de individuos. De repente cada uno se sentía parte de una comunidad más grande, que no era el pueblo, la aldea o la ciudad, sino la nación o el mundo entero. La paz y la guerra, los acontecimientos importantes destinados a cambiar la historia, y también las fiestas, los momentos de alegría y de diversión ya no ocurrían en lugares lejanos y hasta difíciles de imaginar, sino allí, en las casas, en el mismo instante en el que se contaban. El mundo aprendía a vivir "en directo". Pero, ¿qué había sucedido para que todo esto fuera posible? Las ondas electromagnéticas son un fenómeno que no es fácil de explicar a quienes no tengan al menos algún conocimiento en la materia; así pues no resulta claro para todos saber qué es lo que son. Y, sin embargo, se trataba precisamente de ondas electromagnéticas. El fun-

cionamiento de la radio se basa en el hecho de que las ondas sonoras que producimos cada vez que hablamos se transforman por medio de un micrófono en ondas electromagnéticas de amplitud variable, lanzadas al espacio por una antena transmisora. Una vez captadas por las antenas receptoras, las ondas electromagnéticas se vuelven a transformar en impulsos idénticos a los del micrófono transmisor. Luego serán las vibraciones de la membrana de un altavoz las que reproduzcan las ondas sonoras, es decir, nuestras palabras tal y como se habían pronunciado. Más adelante el desarrollo tecnológico aportó cambios notables en el funcionamiento de la radio. En particular el desarrollo de los transistores en la posguerra dio lugar a que las radios fuesen cada vez más pequeñas, y se extendió el uso de la radio portátil y del autorradio. Extraño destino que de nuevo une a la radio con el teléfono: aquélla nos sigue a todas partes, a donde podamos llevarla. Y cada vez que el botón hace "clic", se enciende la magia de una voz que procede de un sitio lejano, pero que está lo suficientemente cerca como para continuar haciéndonos compañía.

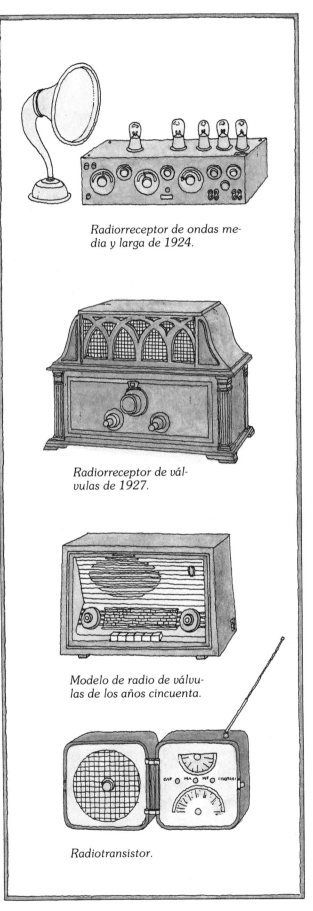

Radiorreceptor de ondas media y larga de 1924.

Radiorreceptor de válvulas de 1927.

Modelo de radio de válvulas de los años cincuenta.

Radiotransistor.

CÓMO SE HACE UN PERIÓDICO

Semanales, quincenales, mensuales, periódicos..., todos los días llegan a los quioscos todo tipo de revistas y publicaciones, y se exhiben con sus portadas satinadas y de colores. En contraposición a éstas, la vida del periódico diario es diferente, mucho más breve, e internacional, deportes, espectáculos, editoriales. En la redacción las horas transcurren frenéticamente; en la sobremesa se discuten las noticias más importantes; más tarde recogen todos los artículos procedentes de los enviados o de los periodistas de la redacción. Cada tarde, sobre las ocho, tiene que estar listo el borrador, un modelo de cómo queda-

Director

Vicerredactores-jefe

Internacion

Redactores-jefe

Depor

Cultura

Jefes de sección

Botones

dura el espacio de pocas horas entre los sucesos que se amontonan y las noticias que apremian. La redacción de un periódico es una ventana siempre abierta al mundo, donde llega el eco de todo lo que sucede y espera a ser seleccionado, descrito e impreso. El director es quien prepara el trabajo en sus líneas generales y firma el periódico, convirtiéndose en el responsable de cuanto se publica. Cada diario cuenta además con jefes de sección, es decir, los responsables de las diversas secciones en las que se divide el propio diario: por ejemplo, política nacional

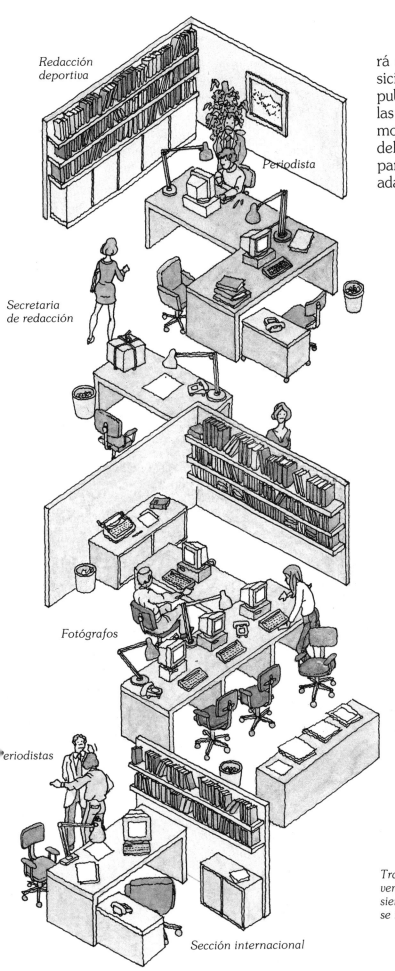

Redacción
deportiva

Periodista

Secretaria
de redacción

Fotógrafos

Periodistas

Sección internacional

rá el periódico, y donde ya se indican la posición de los artículos, títulos, fotografías y publicidad. Pero la vida no se puede parar, y las noticias siguen afluyendo. La maqueta se modifica, pues, continuamente, hasta la hora del cierre del periódico y de la impresión, para recoger las noticias "de última hora" y adaptarse a las nuevas exigencias.

Redactores

Grafistas
y compaginadores

Trabajar en un periódico es como abrir una ventana y escuchar los ruidos de la calle: siempre sucede algo, algo que se escucha, se narra y se explica.

49

CÓMO SE IMPRIME UN PERIÓDICO

Érase una vez una tipografía, donde por encima del ajetreo de confeccionadores y periodistas reinaban el olor de tinta y el ruido de la máquina linotipia. Las noticias llegaban directamente de la redacción en papel rayado, es decir, con las líneas numeradas, o también en simple papel posteta. Cada tarde tenía lugar aquí el trabajo de la composición del periódico, y posteriormente el de la impresión. En las redacciones empiezan a desaparecer las máquinas de escribir, reemplazadas por terminales de ordenador, mediante los cuales quien escribe el artículo lo envía directamente a un centro electrónico, determinando, con una serie de códigos, el cuerpo de los caracteres, el largo de la línea, los títulos y la posición en la página. Cada hoja del periódico se compone en un molde antes de ser impresa, como en otros tiempos. El molde, que antes se obtenía mediante la labor de los confeccionadores y de los linotipistas, se produce ahora aprovechando la luz en lugar del plomo para imprimir y fijar los caracteres. El resultado es una lámina fotograbada por medio de un procedimiento fotográfico.

Cuando por fin llega la hora del cierre del periódico, todo está a punto para la impresión: se ponen en marcha las rotativas y, en poco tiempo, los periódicos están listos para ser distribuidos. El progreso tecnológico avanza a un ritmo tan rápido que la misma organización del periódico está destinada a experimentar modificaciones rápidas e imprevistas. ¿Existirán periódicos que no estén hechos de papel? El futuro parece ir en esta dirección. Hoy día los archivos electrónicos ya han sustituido a los viejos archivos, que ahora nos parecen inmensos y polvorientos laberintos. ¿Tan difícil es pensar en minúsculos disquetes magnéticos que contengan informaciones e imágenes recogidas unos minutos antes?

Utilización de los principales sistemas de impresión:

Flexografía:
impresión sobre bolsas, papel de empapelar y papel de regalo.

Imprenta roto offset:
para revistas y catálogos con una tirada inferior a las 200 000 copias.

Imprenta rotocalco:
para revistas y catálogos con una tirada superior a las 2/300 000 copias.

Imprenta offset en hoja:
para libros con ilustraciones y trabajos de alta calidad.

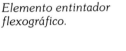

Elemento entintador flexográfico.

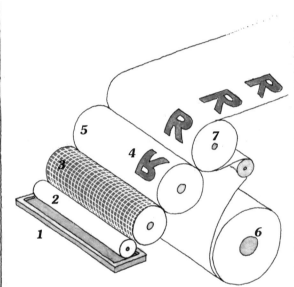

*En la cubeta (**1**) que contiene la tinta se sumerge el rodillo entintador o engomado (**2**); a este rodillo se adhiere el cilindro reticulado (**3**), al que se limpia la tinta sobrante por medio de una rasqueta. El cliché (**4**), que se encuentra encima del cilindro de impresión (**5**), tras ser entintado imprime la imagen sobre el papel (embobinado, **6**), gracias a la intervención del cilindro de presión (**7**).*

El sistema más evolucionado de dicho procedimiento, llamado "elemento entintador flexográfico con secado a cámara cerrada" ha sustituido la cubeta para la tinta y el rodillo engomado por un tubito para la alimentación de la tinta y dos rasquetas o cuchillas que limpian el cilindro reticulado, mientras que las siguientes fases permanecen como antes.

DEL ESTUDIO DE TELEVISIÓN AL APARATO DOMÉSTICO

Se puede decir que la televisión es espectacular en dos sentidos: por una parte es capaz de transmitir imágenes espectaculares y, por otra, es espectacular su funcionamiento, el poder hacer aparecer en la pantalla imágenes obtenidas captando ondas de radio, proyectadas en el espacio por una antena transmisora, mediante una antena receptora.

Cuando en 1939 tuvo lugar en América la primera transmisión televisiva (en blanco y negro), el entonces presidente de los Estados

Una grabación televisiva no difiere sustancialmente de la cinematográfica, pero lo que la diferencia de ésta es que la grabación televisiva se transmite en el mismo momento en que se efectúa. Aquí está "la magia del directo", como dicen los periodistas. El envío de la imagen filmada en tiempo real exige una perfecta compenetración del equipo televisivo, del periodista al cámara, del microfonista al presentador.

En la cabina de control, el realizador, genio de las ideas instantáneas, escoge el encuadre más significativo, sin que pueda pensárselo dos veces.

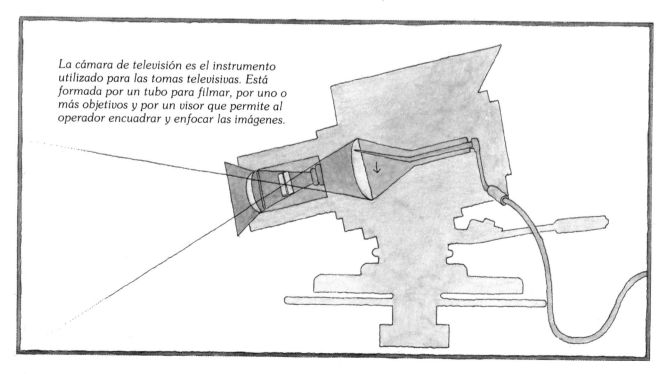

La cámara de televisión es el instrumento utilizado para las tomas televisivas. Está formada por un tubo para filmar, por uno o más objetivos y por un visor que permite al operador encuadrar y enfocar las imágenes.

Unidos, Franklin Delano Roosevelt, comentó: "¡Hoy hemos visto el futuro!".

Todo empieza con una cámara de televisión: se graba una escena, cuyas imágenes se transforman en señales eléctricas que dan origen a un flujo continuo de corriente, el cual –una vez amplificado– es enviado al espacio por la antena que transmite ondas de frecuencia muy alta. El aparato de televisión receptor no hace sino decodificar las ondas de radio captadas por su antena receptora, restableciendo el flujo de corriente y, por lo tanto, las señales eléctricas, que se proyectan en la pantalla por medio de un "cañón de electrones". Elemento fundamental es el tubo de rayos catódicos, parte central de todo televisor, donde tiene lugar la lectura del flujo de corriente, su transformación en señales eléctricas y la producción de las imágenes que vemos nosotros.

Los primeros aparatos eran enormes, entronizados en los salones de las casas con un aire altivo, funcionaban con válvulas termoiónicas, lo que conllevaba aburridos tiem-

¿Saben los forofos de la televisión cuánto invento y cuánta tecnología hay detrás de la pantalla? Sólo algunas décadas después de la primera transmisión televisiva en blanco y negro, hoy día disponemos de canales públicos y privados, de emisoras nacionales y locales, y además tenemos la posibilidad de conectar con el resto de Europa, mediante la instalación de una pequeña antena parabólica. Nos encontramos frente a una verdadera revolución de las costumbres, es decir, que podemos ver y escuchar lo que hacen y dicen el Papa o el presidente de los Estados Unidos de América, las peticiones del pueblo kurdo o lo que hacen los Cascos Azules de las Naciones Unidas, sin que intervengan intermediarios.

Las imágenes televisivas son señales eléctricas que se proyectan en una pantalla de material fotoeléctrico, el cual las transforma en puntos más o menos luminosos. La transmisión de las imágenes televisivas es posible gracias al fenómeno fisiológico de la persistencia de las imágenes en la retina de nuestros ojos. La cámara de televisión explora la imagen por puntos de líneas paralelas sucesivas y la transmite del mismo modo, con tal rapidez que, cuando transmite el último punto de la última línea, nuestra retina está todavía bajo la excitación producida por el primer punto de la primera línea.

tiempos de calentamiento y de espera antes de que aparecieran las primeras imágenes.

La evolución, tan rápida que se podía considerar una revolución, estuvo determinada por el desarrollo de la electrónica (transistores, circuitos integrados, etc.) y por el paso del blanco y negro al color. La televisión en color se hizo posible sirviéndose de los mismos criterios adoptados en el campo de la fotografía: cada imagen en color puede descomponerse en tres colores fundamentales, el azul, el verde y el rojo, y viceversa, los tres colores pueden combinarse entre ellos para obtener todos los demás. El primer proceso (la descomposición) tiene lugar en la cámara y origina tres señales (una para cada color); el segundo proceso (la recomposición) ocurre en el tubo de rayos catódicos del televisor, y da origen a la imagen en color del objeto captado por la cámara. Hoy el tubo de rayos catódicos parece pertenecer ya al pasado: se habla de televisores de cristal líquido, aparatos tan ligeros que se podrían colgar de la pared como cuadros parlantes, que garantizan una mayor definición y nitidez de las imágenes, rayando en la perfección.

A menudo se ha comparado la televisión con un electrodoméstico. Su futuro promete liberarla de esta comparación un tanto humillante con una lavadora o un frigorífico: la nueva apuesta, que en parte ya es realidad, se llama teleordenador.

La televisión se volverá interactiva, y esto quiere decir que será un objeto con el que se podrá dialogar: a través de ella será posible pagar las facturas, hacer la compra, recibir informaciones de bibliotecas enteras o páginas de periódicos y de revistas.

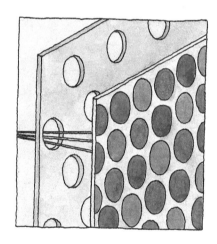

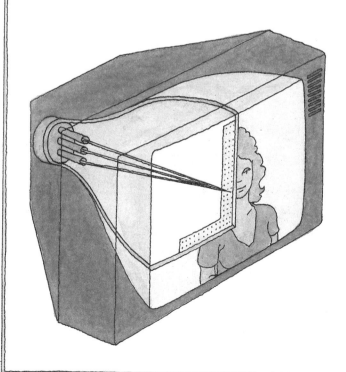

Los sistemas de televisión del color más conocidos son el sistema NTSC, usado en América desde 1953, el sistema SECAM, utilizado en Francia, y el sistema PAL, adoptado en España y en casi toda Europa.

En el televisor, detrás del cañón de electrones y de la pantalla, hay una placa con miles de puntitos, a través de los cuales pasan al mismo tiempo las señales del rojo, del verde y del azul, que rebotan en la pantalla. Los pequeños puntos que la recubren están compuestos de sustancias que se iluminan para formar las imágenes.

CÓMO SE HACE LA TELEVISIÓN

Silencio en el estudio. Las luces rojas de las cámaras se encienden A partir de este momento comienza la escena, los actores empiezan a recitar. Entretanto, en la sala de control se elige y se toman decisiones. Desde su sillón, el realizador sigue el desarrollo del programa a través de varios monitores que están conectados a las cámaras del estudio. Junto a él están los ingenieros de vídeo y de sonido, que se ocupan de la música. El regidor es el eslabón que une al realizador con el estudio mismo. Su labor es fundamental: es el responsable de todo lo que sucede en el estudio. Debe asegurarse de que todo esté en orden para las tomas. Al igual que ocurre en el cine, el trabajo en la televisión también se convierte en un trabajo en grupo, donde cada uno debe cumplir su misión en perfecta coordinación con los demás. Precisamente por esto los estudios de televisión están formados generalmente por el mismo personal, que con la costumbre y la compenetración del trabajo en común consigue mejorar continuamente sus resultados.

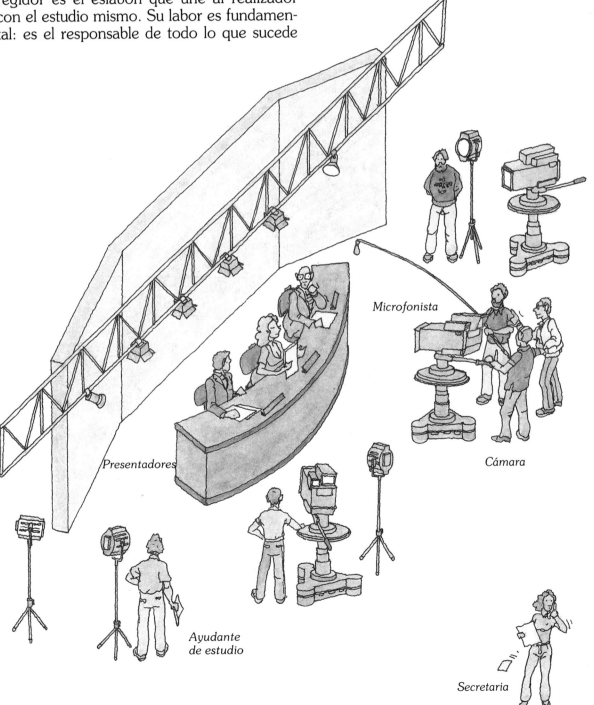

Microfonista

Presentadores

Cámara

Ayudante de estudio

Secretaria

La publicidad ha llenado de colores nuestras ciudades. Basta con andar por las calles y alzar los ojos: de día imágenes multicolores, de noche luces fijas o intermitentes.

LA PUBLICIDAD

Yo soy la publicidad. ¿Cómo, no me reconocéis? Y, sin embargo, basta con que hagáis cualquier cosa, con que vayáis a cualquier sitio, con que abráis los ojos para que enseguida me veáis. No tengáis miedo, no sois vosotros quienes me perseguís, simplemente es que yo estoy en todas partes. Aunque las cosas no siempre han sido tan sencillas. En un periódico de hace sesenta o setenta años la mayor parte de las veces me encontraréis al final de la página, escondida entre las demás noticias. ¿Y por las calles? Peor aún: una

plaquita encima de las tiendas, un pequeño prospecto dibujado quizá por un gran pintor como Toulouse-Lautrec, pero siempre un pequeño manifiesto, alguna postal ilustrada o breves comunicados susurrados desde la radio, siempre poca cosa. Y después... crecí de repente, más bien exploté. Como en un cuento, la Cenicienta que era se transformó en princesa. A partir de ahora yo, esto es, la publicidad, estoy por todas partes. Fijaos en las tiendas, en los supermercados, en los periódicos, en la radio, todos me aprecian y me buscan, ninguno puede prescindir de mí. ¿Y la televisión? Parece que se ha convertido

Todo necesita publicidad. No sólo los productos que pueden venderse, sino también los mensajes sociales de los que se ocupa la publicidad-progreso.

en mi mejor amiga, hasta el punto de que si le faltase yo, un espónsor –como se suele decir– también ella dejaría de existir. En suma, ¿sabéis por qué en tan poco tiempo me he hecho tan importante? Ante todo, las ciudades se han hecho enormes metrópolis con muchísima gente. Y yo, es decir, la publicidad, las he adornado a todas. Levantad los ojos: prospectos, neón, eslóganes, luces de colores como si siempre fuese fiesta. Y, además, la gente es más rica, tiene nuevas necesidades y deseos. Y si no los tiene, yo se los despierto. Yo os hago ver lo que os falta y que podríais tener. No es nada fácil: por mí

se mueve todo un ejército de publicistas, grafistas, psicólogos, analistas de mercado, un número tan elevado de personas, que a veces siento nostalgia de aquellos pequeños anuncios que apenas destacaban en los periódicos de antes, tan sencillos y tímidos. Cada palabra, cada eslogan, cada anuncio se estudia, comprueba y analiza hasta el último detalle. Toda campaña publicitaria debe dar en el clavo; no está permitido equivocarse. Por ello a veces soy petulante, y tan poco discreta que aparezco por todas partes. Y es que sólo pido ser mirada: soy el hada de vuestros sueños, la sirena de vuestros deseos.

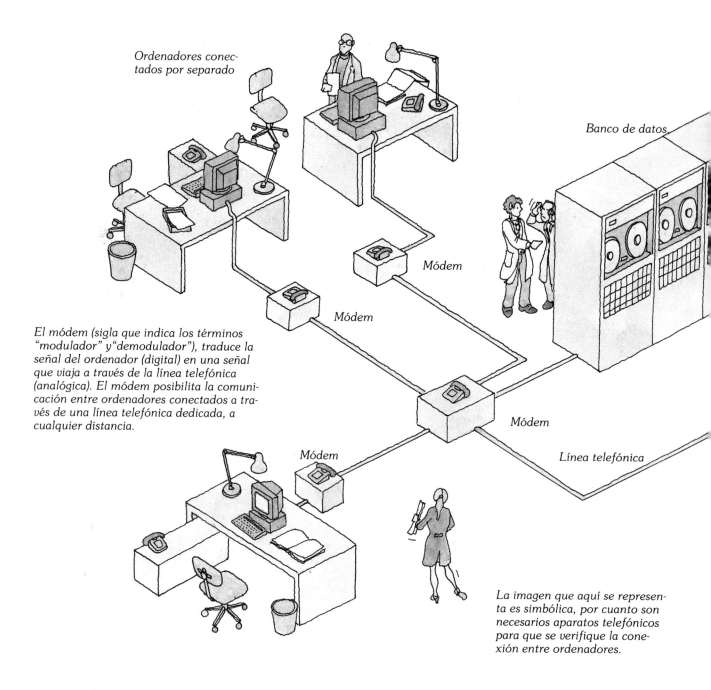

Ordenadores conectados por separado

Banco de datos.

Módem

Módem

El módem (sigla que indica los términos "modulador" y "demodulador"), traduce la señal del ordenador (digital) en una señal que viaja a través de la línea telefónica (analógica). El módem posibilita la comunicación entre ordenadores conectados a través de una línea telefónica dedicada, a cualquier distancia.

Módem

Módem

Línea telefónica

La imagen que aquí se representa es simbólica, por cuanto son necesarios aparatos telefónicos para que se verifique la conexión entre ordenadores.

LAS REDES INFORMÁTICAS

"Hola, soy Carlos."

"Hola, yo soy Massimo."

"Yo llamo desde España."

"Y yo te respondo desde Italia."

"Me voy a presentar...: soy un ordenador."

"Yo también soy un ordenador."

Así nos podemos imaginar el principio de un diálogo medio en serio entre dos ordenadores. Cada uno de los terminales se transforma en una auténtica máquina dialogante, que unida a otros terminales crea una red informática. Una vez más estamos ante un problema de comunicación para establecer intercambios de informaciones. Las redes informáticas funcionan a través de las líneas telefónicas, y presuponen, además de la posesión de un ordenador, la de un módem. El sistema de redes informáticas ha abierto horizontes totalmente desconocidos e imprevisibles hasta hace unos años. De hecho, las posibilidades de intercambio de información se hacen enormes. Por una parte, uno se puede conectar a un banco de datos para re-

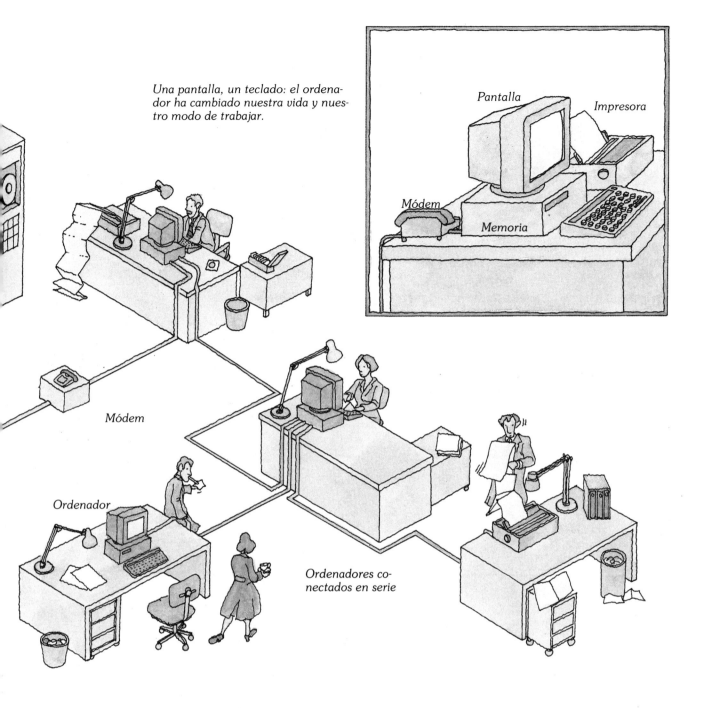

Una pantalla, un teclado: el ordenador ha cambiado nuestra vida y nuestro modo de trabajar.

Pantalla

Impresora

Módem

Memoria

Módem

Ordenador

Ordenadores conectados en serie

cibir todos los conocimientos necesarios en un sector específico. Un ejemplo son las informaciones de carácter comercial o de carácter estadístico. Por otra parte, la idea misma de red informática anuncia un cambio más general: cada pantalla, cada teclado, cada terminal informática que está en nuestras casas puede convertirse en protagonista de un diálogo, pedir informaciones a los demás, pero también poner a disposición de los otros las suyas. Protagonista e informador a la vez. Al igual que las cajas fuertes de antes poseían una combinación para poder abrir-

las, los ordenadores tienen una "contraseña". Una vez conectados con un terminal receptor, bastará con comunicar esta palabra. Se asiste entonces a una auténtica presentación informática, en la que se reconoce al otro mediante palabras convencionales. A partir de este momento el contacto se ha establecido, se permite el acceso y nuestra llamada medio seria puede continuar...

"Entonces, Carlos, ya que me has reconocido, podemos incluso jugar juntos..."

"Tengo unos juegos preciosos..."

"Entonces podemos empezar."

LOS SATÉLITES

En la antigüedad, sacerdotes y sabios escrutaban atentamente el cielo, y en las recíprocas posiciones de los astros leían el destino de hombres y naciones. Miles de satélites recorren hoy ese mismo cielo. Las misiones que se les confían son diversas y específicas: investigaciones con fines industriales o militares, espionaje, previsiones meteorológicas, conexiones radiotelefónicas y radiotelevisivas intercontinentales. En particular, los satélites destinados a estas últimas misiones sirven de enlace entre dos estaciones terrestres transmisoras y receptoras que utilizan ondas muy cortas. A otros se les confía la exploración del sistema solar o la tentativa de traspasar sus angostos confines, dirigiendo sus antenas hacia lo más lejano y misterioso del universo, porque la sed del hombre por conocer y comunicar no se ha saciado nunca y nunca tendrá fin.

Las fibras ópticas están destinadas a sustituir a los materiales tradicionales que se utilizan en la transmisión de todo tipo de comunicaciones.

Aguafuerte Técnica de incisión sobre cobre o zinc, obtenida con ácido nítrico o percloruro de hierro.

Alfabeto Serie ordenada de todas las letras o signos de los que dispone una lengua para indicar, mediante cada uno de ellos, el sistema de escritura que se atiene sólo a los sonidos, que generalmente se dividen en vocales y consonantes.

Antifonario Conjunto de cantos e himnos litúrgicos para la celebración de la misa y al oficio del coro.

Aristófanes (hacia 445 a. C.–después del 388) Poeta griego de la comedia antigua. Escribió 44 comedias.

Bell, Alexander Graham (1847-1922) Inventor estadounidense que patentó el teléfono (ver *Teléfono*) y disputó su paternidad con Meucci (ver *Meucci*), quien al final quedó victorioso.

Biblia Libro sagrado de la cristiandad dividido en Antiguo y Nuevo Testamento. Fue el primer libro impreso con la técnica de los tipos móviles (ver *Imprenta con tipos móviles*) en el taller de J. Gutenberg (ver *Gutenberg*).

Blasón Conjunto de las figuras que forman el distintivo estable y oficialmente reconocido de Estados, personas, entes y familias (por ejemplo, el blasón de los Medici).

Calcografía Incisión sobre una lámina metálica realizada con diversas técnicas (aguatinta, puntaseca) para obtener un molde útil para estampar.

Charlot Personaje inventado por el célebre actor y director Charles Chaplin (1889-1977).

Cimabue (hacia 1240-1302) Seudónimo de Canni di Pepi, famoso pintor florentino, además de por sus célebres obras, por haber sido maestro de Giotto (ver *Giotto*).

Cine En sentido general, indica un conjunto de actividades técnicas, industriales y artísticas que sirven para realizar una película. En sentido estricto, el cine es el lugar donde se proyectan las películas (ver *Película*).

Códice Manuscrito antiguo compuesto de muchos papeles juntos que forman un libro.

Código Morse Código de líneas y puntos utilizado en el telégrafo (ver *Telégrafo*) y que se transmite mediante impulsos de corriente más o menos largos.

Comunicación Conjunto de varias manifestaciones que relacionan a los individuos psicológica, social y lingüísticamente. La escritura, la pintura y los programas de televisión son algunas formas de comunicación.

Corifeo Protagonista del antiguo coro griego, especialmente en las obras dramáticas.

Daguerre, J. M. Inventor en 1839 del procedimiento fotográfico que consiste en impresionar una placa llamada daguerrotipo, sensibilizada mediante vapores de yodo.

Dante Alighieri (1265-1321) Escritor florentino, célebre autor de la "Divina Comedia", su viaje imaginario a los tres reinos de la ultratumba (Infierno, Purgatorio y Paraíso). Otras obras suyas son "El Banquete", las "Rimas" y "La Vita Nova".

Díptico Par de tablillas unidas por una bisagra y recubiertas por dentro de cera que en la antigüedad grecorromana servían para escribir encima con un punzón o para representar las efigies de los cónsules.

Disney, Walt (1901-1966) Célebre dibujante y productor cinematográfico, creador de Mickey Mouse. Supervisó la realización de varias películas famosas de dibujos animados como Blancanieves y Fantasía.

Duccio da Boninsegna (después de 1255–hacia 1318) Pintor célebre por la "Madonna Rucellai", pintada en 1285.

Dürer, Albrecht (1471-1528) Pintor y grabador alemán, autor de espléndidas obras en las que se funden humanismo, naturalismo y una fuerte creatividad.

Edison, Thomas Alva (1847-1931) Inventor estadounidense del fonógrafo, de la lámpara eléctrica y del micrófono de carbón.

Epigrafía Rama de la arqueología creada con el fin de recoger, transcribir y traducir textos grabados en metal o piedra.

Escritura Tipo de comunicación fundamental en la cultura de todo pueblo y civilización, que se contrapone a la oral.

Esquilo (525/524-456/455 a. C.) Trágico griego, famoso por la "Orestíada". Además de poeta fue actor y músico.

Estandarte Insignia del ejército romano formada por un pedazo cuadrado de tela roja colgado de una asta por medio de una barra transversal colocada bajo la punta.

Estelas Losas de piedra o de mármol colocadas verticalmente en el terreno, que lleva inscripciones y decoraciones, y con significado de monumentos conmemorativos o fúnebres.

Eurípides (480-406 a. C.) Poeta trágico griego que escribió 92 dramas, entre ellos el famoso "Medea".

Fibra óptica Elemento cilíndrico de cristal muy delgado, transparente y flexible. Se usa como conductor de haces luminosos sobre todo en los sistemas de telecomunicaciones.

Fonógrafo Aparato utilizado para la grabación de sonidos mediante la incisión de un pequeño surco en la superficie de un disco o de un cilindro.

Fotografía Procedimiento físico-químico que permite fijar permanentemente la imagen de un objeto producida en una cámara oscura, en un soporte de sustancias sensibles a las radiaciones visibles.

Giotto (hacia 1267-1337) Pintor, escultor y arquitecto toscano formado en la escuela de Cimabue (ver *Cimabue*). Entre sus frescos recordamos: la "Leyenda de San Francisco" y "La historia del Bautista". En

1334 proyectó e inició la construcción del campanario de Santa María de las Flores, en Florencia.

Grafito Término genérico que se refiere a cualquier signo de valor artístico o simplemente documental, grabado con una punta afilada sobre cualquier superficie (roca, cerámica, revoque, hueso, metal, etc.).

Gutenberg, Johann (hacia 1394-1468). Sobrenombre de Johann Gensfleisch, tipógrafo alemán inventor de la imprenta de tipos móviles (ver *Imprenta de tipos móviles*). Su obra más importante fue la impresión de la Biblia (ver *Biblia*).

Heráldica Estudio metódico de armas, emblemas y blasones.

Hertz, Heinrich Rudolf (1857-1894) Físico alemán que confirmó la teoría de Maxwell con el descubrimiento de las ondas electromagnéticas, llamadas también hertzianas.

Hill Rowland Inventor del sello. Los primeros se emitieron en Inglaterra el 6 de mayo de 1840.

Ideograma Símbolo gráfico que no representa un valor fonético, sino una idea o una imagen. Por ejemplo, las cifras son ideogramas.

Imprenta Arte y técnica de reproducir, en un número indefinido de copias, ilustraciones y escritos mediante presión. En sentido amplio, por imprenta o prensa se entiende todo lo que se publica, en especial el tipo de periódico (semanal, diario, etc.) y la orientación que éste se propone establecer en la opinión pública (prensa oficial, de partido, independiente, etc.).

Imprenta con tipos móviles Técnica de impresión (ver *Imprenta*) que revolucionó los procesos conocidos hasta el s. XV. Se trataba de colocar, uno junto a otro, los tipos llamados precisamente móviles, hasta obtener la palabra deseada.

Incunable Nombre dado a los libros impresos en el s. XV, el más antiguo de los cuales fue la Biblia (ver *Biblia*), impresa en 1453-1455 en el taller de Gutenberg (ver *Gutenberg*).

Información Sinónimo de noticia. En sentido más amplio es el conjunto de los datos que se proporcionan desde el exterior a un ser vivo o a una máquina.

Insignia Signo, señal y contraseña que sirve para proporcionar una indicación o un punto de referencia a diversos niveles: logístico, jerárquico, productivo y comercial.

Jeroglífico Signo perteneciente a la escritura pictográfica de los antiguos egipcios.

Juglar Romancero de la Baja Edad Media experto en música y sobre todo en mímica.

Leyenda Relato de argumento histórico o religioso donde la verdad se funde con la fantasía. Como el mito, la leyenda nace y se desarrolla en la tradición oral y es recogida después por los literatos.

Litografía Proceso de impresión (ver *Imprenta*) con el que es posible reproducir un dibujo o un escrito efectuado con una tinta especial graso-resinosa sobre una losa de piedra calcárea.

Lumière, Louis (1864-1948) **y Auguste** (1862-1954), hermanos franceses inventores y pioneros del cine.

Manuscrito Texto escrito a mano.

Manuzio, Aldo (1450-1515) Editor e impresor que publicó espléndidas ediciones como la hoy rarísima de Virgilio, que inauguró la serie de las ediciones en octavo, creando el prototipo del libro moderno.

Maqueta Modelo de impresión que reproduce, en borrador, la versión definitiva, o casi, de un libro o de un periódico.

Máquina de escribir Aparato que funciona manualmente por medio de un teclado o por alimentación eléctrica, con el que se puede imprimir, en un papel cualquiera, texto con caracteres de imprenta. La primera máquina de escribir salió de los talleres Remington (ver *Remington*) en EE. UU., en el año 1873. Hoy la máquina de escribir ha sido sustituida, casi por completo, por los programas informatizados de videoescritura.

Marconi, Guglielmo (1874-1937) Científico e inventor boloñés que realizó y perfeccionó el telégrafo sin hilos (ver *Telégrafo sin hilos*). Recibió el Premio Nobel de Física en 1909.

Martini, Simone (hacia 1284-1344) Pintor de Siena. Como obras más destacadas citamos: "La historia de San Martín", "La historia del Beato Agostino Novello", "La Anunciación".

Maxwell, James Clark (1831-1879) Físico inglés que elaboró la teoría del electromagnetismo, que permitió unificar los fenómenos eléctricos y los magnéticos en una sola estructura, el campo magnético.

Meucci, Antonio (1808-1889) Inventor florentino del teléfono. Tras disputar la paternidad del invento con el americano Bell (ver *Bell*), ésta le fue reconocida por la Corte Suprema de los EE. UU.

Miniatura Obra de arte de pequeñas proporciones pintada, decorada y adornada con detalles especiales.

Módem Dispositivo formado por un modulador y un demodulador, que se utiliza en la técnica de las telecomunicaciones.

Morse, Samuel Finley (1791-1872) Inventor estadounidense; fue de los primeros en comprender la posibilidad de enviar informaciones a través de hilos por medio de la electricidad. Construyó un aparato telegráfico en el que a cada letra le correspondía una serie de puntos y de líneas. La línea telegráfica que unía Washington con Baltimore empezó a funcionar en 1844.

Ordenador Término que indica en general un procesador electrónico de información.

Película Cinta fotográfica o cinematográfica; en sentido amplio, el término define una producción cinematográfica.

Periódico Medio de comunicación e información que se sirve de los procesos de impresión (ver *Imprenta*). Puede tener diversos formatos (revista, tabloide), frecuencias (diario, semanal, mensual) y público variado (femenino, económico, infantil).

Pícaro Actor cómico de clase baja que vive en el umbral de la pobreza, trabajando en compañías que visitan las pequeñas capitales de provincia.

Pictograma Elemento de una escritura pictográfica, que representa un concepto utilizando dibujos simbólicos o figurados.

Procesión Ceremonia litúrgica en la que un grupo de fieles y eclesiásticos avanza en fila a paso lento por las calles o el interior de una iglesia, acompañando a una estatua o a una imagen sagrada, recitando oraciones o cantando himnos religiosos.

Publicidad Cualquier forma remunerada de presentación y estímulo a la adquisición de bienes o servicios realizada a través de los medios de comunicación; es un servicio útil para el consumidor, al darle a conocer las características de los bienes y servicios.

Radio Aparato que transmite informaciones, espectáculos, música. En sentido general el término se refiere al ente público o privado que organiza y supervisa las transmisiones radiofónicas.

Ravizza, Giuseppe Abogado de Novara, inventor en 1855 del piano escribiente, que fue la primera versión moderna de la máquina de escribir (ver *Máquina de escribir*).

Remington Industria de armas norteamericana que inició en 1873 la producción industrial de la máquina de escribir (ver *Máquina de escribir*), patentada por Sholes y Glidden.

Romancero Divulgador ambulante de historias en verso, compuestas a menudo por él mismo, de tema heroico y romántico.

Rómulo y Remo Míticos fundadores de Roma, creados, según la leyenda, por Marte y Rea Silva. Abandonados en el Tíber por orden de su tío Amulio, fueron salvados y amamantados por una loba.

Roosevelt, Franklin Delano (1882-1945) Político del partido demócrata de los EE. UU., que fue elegido presidente tres veces seguidas (en los años 1933, 1936 y 1941).

Satélite Objeto puesto en órbita por el hombre alrededor de la Tierra gracias a un cohete propulsor. La función del satélite puede ser científica, militar o aplicativa (para telecomunicaciones o meteorología).

Servicio Postal Conjunto de medios organizados y construidos para poder satisfacer la necesidad pública de comunicación entre lugares y personas cercanos y lejanos.

Símbolo Signo condensado y solemne que corresponde a contenidos y valores universales o particulares, por ejemplo, el hogar, símbolo de la casa.

Sófocles (497 ó 496-406 a. C.) Poeta trágico griego que, según la tradición, escribió 123 tragedias.

Teatro Lugar destinado a la representación de obras dramáticas, musicales o de espectáculos de diferentes géneros. Por teatro se entiende también el conjunto de obras dramáticas que pertenecen a una cultura o civilización en particular (como el teatro griego, isabelino, etc.).

Teléfono Aparato terminal situado en casa del usuario que forma parte de un sistema de telefonía. Lleva a cabo la tarea de transmitir señales fónicas y de recibir y enviar las órdenes indispensables para establecer las conexiones.

Telégrafo Dispositivo óptico, mecánico y electromecánico utilizado para el intercambio de mensajes por transmisión y recepción de señales codificadas.

Telégrafo Morse Telégrafo inventado por Samuel Morse (ver *Morse*) que utilizó la acción de la corriente que circula por un hilo que une la estación transmisora con la receptora. Dicho hilo envuelve un núcleo de hierro dulce (un electroimán) formando espiras, para provocar la atracción de una palanca movida por un muelle, a la que va unida una aguja que escribe líneas y puntos sobre una cinta de papel.

Telégrafo sin hilos Sinónimo de aparato radiotelegráfico.

Televisión Ente público o privado que realiza y se ocupa de la transmisión y recepción a distancia de escenas en movimiento. El instrumento que permite estas transmisiones es el televisor.

Tipografía Lugar en el que se procede a la impresión (ver *Imprenta*), la cual puede ser de diferentes tipos, por ejemplo *offset* o a calco.

Toulouse-Lautrec, Henri de (1864-1901) Pintor, dibujante y litógrafo francés. Entre sus obras más célebres se recuerdan el "Retrato de Vincent van Gogh" y la "Dance de la Goulue".

Trovador Rimador provenzal que se inspiraba en los ideales aristocráticos de la sociedad feudal, tanto en la lírica amorosa como en la política. Figura frecuente en la filología romance.

Xilografía Técnica de incisión sobre madera de dibujos o caracteres que luego deben reproducirse por medio de la impresión (ver *Imprenta*).

LAS CASAS

LOS VESTIDOS

LA COMUNICACIÓN

LOS ALIMENTOS

LOS TRANSPORTES

LA TECNOLOGÍA

   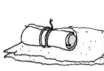